Kurt Tucholsky hat über Hermann Hesses Naturdarstellungen geschrieben: »Er kann einen Sommerabend und ein erfrischendes Schwimmbad [...] nicht nur schildern – das wäre nicht schwer. Aber er kann machen, daß es uns heiß und kühl und müde ums Herz wird.« Hermann Hesses Beziehung zur Natur und dem Lauf der Jahreszeiten ist von jeher eine innige. In vielen Gedichten und Betrachtungen, aber auch in seinen Romanen hat er sie beschrieben und ihren Zauber zu fassen versucht.

»Für manche Leute gibt es nichts Schöneres als einen [...] Sommer, wo noch im feuchtesten Ried das Schilf verbrennt und einem die Hitze bis in die Knochen geht. Diese Leute saugen, sobald ihre Zeit gekommen ist, so viel Wärme und Behagen ein und werden ihres meist ohnehin nicht sehr betriebsamen Daseins so schlaraffisch froh, wie es andern Leuten nie zuteil wird. Zu dieser Menschenklasse gehöre auch ich.«

Hermann Hesse, geboren am 2. Juli 1877 in Calw/Württemberg, 1946 mit dem Nobelpreis für Literatur ausgezeichnet, starb am 9. August 1962 in seiner Wahlheimat Montagnola bei Lugano.

insel taschenbuch 4138
Hermann Hesse
Sommer

HERMANN HESSE
/ SOMMER /

Ausgewählt von Ulrike Anders

INSEL VERLAG

5. Auflage 2022

Erste Auflage 2012
insel taschenbuch 4138
© Insel Verlag Berlin 2010
Hinweise zu dieser Ausgabe am Schluß des Bandes
Vertrieb durch den Suhrkamp Taschenbuch Verlag
Druck: Pustet, Regensburg
Printed in Germany
ISBN 978-3-458-35838-1

www.insel-verlag.de

/ SOMMER /

Als ich heute erwachte und aufstand, hatte das Wetter sich zum Guten gewendet, den sattblauen See bestrich ein mäßiger Ostwind mit zitternden Silberfurchen, die blühenden Kronen der Birnbäume standen frohlockend und strotzend gegen einen hellblauen Himmel, und lichte Bläue spiegelte sich im Brunnentrog und in den kleinen, schon fast vertrockneten Wasserlachen der Landstraße. In der Kapelle, die meinen Fenstern gegenüber liegt, war der Mesner mit den Zurüstungen zur Maiandacht beschäftigt. Auf dem improvisierten Zimmerplatz meines Nachbarn, der seinen Stall umbauen und vergrößern will, leuchtete und duftete in der schon prächtig warmen Sonne froh und festlich das weiße tannene Balkenholz.

Da fiel es mir aufs Herz, daß mein Ruderboot noch immer winterlich unter Dach stand und noch immer nicht revidiert, gestrichen und flottgemacht war. Schon mehrmals hatte ich an schönen, zum Seefahren verlockenden Tagen meine Saumseligkeit verwünscht und bitter bedauert und hatte dann, aus Trägheit und aus Mißtrauen gegen das Wetter, die Arbeit doch wieder auf ein andermal verschoben. Es war nachgerade eine Schande, und die Nachbarn, die mein Schifflein noch immer im Schuppen verstaut sahen, begannen zu grinsen und mich bedauernd anzusehen. Jetzt war es höchste Zeit, und ich beschloß, die Arbeit heute noch vorzunehmen.

Die Farben standen schon bereit, ich brauchte sie nur noch

mit Leinöl anzurühren, und bald durchzog der scharfe pikante Ölgeruch das Haus. Die große Schürze vorgebunden, begann ich das Boot und die Ruder zu reinigen und dann zu malen. Wie das fleckte und ausgab, wenn ich den schweren, breiten, saftig mit Ölfarbe gefüllten Pinsel über die Planken hinstrich! Wenn so das Feuilletonschreiben ginge, und wenn es so lustig wäre! Hühner gackerten vorbei, zwei junge Hündlein balgten sich und brachten meinen Ölkrug in Gefahr, Kinder kamen und schauten zu. Und die Nachbarn, wenn sie vorüberkamen, lachten und riefen: »Also endlich?«

Man malt ja die modernen Sportboote jetzt meistens hellbraun oder gelblich wie Kanzleimöbel. Aber mein Nachen muß schöner aussehen, ich streiche ihn mit dem alten, traditionellen, feurigen Grün und Hochrot, und ebenso Ruder und Zubehör. Eine Ruderschaufel muß rot sein, keine andere Farbe klingt mit dem Blau oder Grün des Wassers so freudig und lebendig zusammen.

Vier Stunden, fünf Stunden strich und salbte ich mit Eifer, dann schien es mir für diesen Tag genug. Noch ein paar Tage, dann wird alles fertig und geordnet sein, dann führen wir das Boot auf einem Wagen mit zwei Kühen an den Strand, und den Kühen werden die Hörner bekränzt, und dann mache ich meine erste Ruderfahrt in diesem Jahre allein und still, und es wird wie jedes Jahr ein Tag voll schweigender Herrlichkeit und voll wunderbar schwellender Erinnerungen sein.

Drei Dinge gehören für mich notwendig zu einem richtigen

Sommer: glühheiße, gelbe, schwerbrütende Kornfelder – ein
hoher, kühler, schweigsamer Wald – und viele Rudertage.
Rudertage! Ich denke an solche, da über See und Bergen ein
glänzend blauer Himmel stand, da die Luft vor Hitze zitterte
und vor Sonnenwärme das Holz des Bootes knisterte. Dann
muß man halb nackt im breiten Schattenhut blendend blanke Seebuchten befahren und häufig baden oder schöne Rasten im dichten Ufergebüsche halten. Und ich denke an Rudertage, da ich bei bedecktem Himmel und frischem Wind
stundenlang durch lauter Silber fuhr. Und an Tage, da ich
keuchend über das schwarze, brodelnde Wasser jagte, vor einem jäh aus dem Gebirg hervorbrechenden Gewittersturm
auf der Flucht. Da liefen blanke, eilige Schaumflocken über
die dunkle, schwärzliche Fläche, peitschende Windstöße
sprühten nadelfeinen Wasserstaub auf, und hastige Blitze
fieberten blaß und zuckend durch die leidenschaftlich erreg-
te, ängstlich schwüle Luft.

Das alles soll nun wiederkommen: Sommer, Kornfelderglut
und Waldkühle, milde Abendröten am Schilfstrand, brennende Fahrten durch den blauen Mittagsglast und herrliche,
seelenlösende, brausende Gewitter. Man hört ja immer wieder sagen, der Frühling sei die schönste Zeit des Jahres. Aber
das Schönste an ihm ist doch die Vorfreude, das Erwarten
des Sommers. Schnell ist der sanfte, sehnsüchtig laue Frühling vergessen, wenn der Sommer kommt und herrscht, wenn
Sonne und Erde in Liebe und Kampf einander näher sind,
wenn die Wärme mächtiger und inniger, die Regengüsse wil-

der und wuchtiger, die Tage leuchtender und die Nächte blauer sind. Da strahlen die Kastanien in unbegreiflicher Fülle und Pracht ihre weißen und roten Blütenkerzen aus, da verschwendet der Jasmin in betäubenden Wolken seinen süßen, lodernden Duft, da bleicht das Getreide, wird schwer und golden und rauscht üppig und festlich auf hunderttausend Halmen, da gärt der feuchte, schwarze Waldboden und wirft Mengen von farbigen Pflanzen ans Licht. Und überall zittert heimlich ein glühendes, wildes, berauschtes Lebensfieber. Denn der Sommer, der wahre Sommer, ist kurz, und kaum glänzt das Gefilde goldener und rauschen die Ähren voller und tiefer, so droht auch schon Sichel und Sense und heißer Erntekampf.

Das alles soll nun wiederkommen. Im hellgrünen Waldtal tönt unermüdlich der Kuckucksruf, die Matten reifen rasch zum ersten Schnitt, der dunkle Klee geilt üppig, und die Saatfelder leuchten saftig grün. Am Waldrand glänzen weiße Maiblumen unter ihren breiten Blättern, und auf breiten Felderstreifen blüht der schwefelgelbe Raps.

Das ist die Zeit, in der der Mann zum Kinde und das Leben wieder zum Wunder wird, da jeder Tag unerwartet Neues bringt und jeder kleine Wiesengang eine Überraschung und ein Märchen ist. Es geht dem Sommer entgegen, der königlichen Zeit, den Tagen der Kornreife und den Nächten der Gewitter. Wohlan, ich bin bereit, noch einmal das Unerhörte zu erleben und Tage des Überflusses und der überschäumenden Pracht zu sehen, und ich möchte keinen Tag und

keine Stunde versäumen, ehe allzu früh der Bauer den Wagen bekränzt und im reifen Korn die gierige Sichel rauscht!

(1905)

/ FRÜHSOMMERNACHT /

Der Himmel gewittert,
Im Garten steht
Eine Linde und zittert.
Es ist schon spät.

Ein Wetterleuchten
Beschaut sich bleich
Mit großen feuchten
Augen im Teich.

Auf schwanken Stengeln
Die Blumen stehn,
Hören Sensendengeln
Herüberwehn.

Der Himmel gewittert,
Schwül geht ein Hauch.
Mein Mädel zittert –
»Sag, spürst du's auch?«

Sonne leuchte mir ins Herz hinein,
Wind verweh mir Sorgen und Beschwerden!
Tiefere Wonne weiß ich nicht auf Erden,
Als im Weiten unterwegs zu sein.

Nach der Ebne nehm ich meinen Lauf,
Sonne soll mich sengen, Meer mich kühlen;
Unsrer Erde Leben mitzufühlen,
Tu ich alle Sinne festlich auf.

Und so soll mir jeder neue Tag
Neue Freunde, neue Brüder weisen,
Bis ich leidlos alle Kräfte preisen,
Aller Sterne Gast und Freund sein mag.

// BERGPASS

Über die tapfere kleine Straße weht der Wind. Baum und Strauch sind zurückgeblieben, Stein und Moos wächst hier allein. Niemand hat hier etwas zu suchen, niemand hat hier Besitz, der Bauer hat nicht Heu noch Holz hier oben. Aber die Ferne zieht, die Sehnsucht brennt, und sie hat über Fels und Sumpf und Schnee hinweg diese gute kleine Straße ge-

schaffen, die zu anderen Tälern, anderen Häusern, zu anderen Sprachen und Menschen führt.

Auf der Paßhöhe mache ich halt. Nach beiden Seiten fällt die
Straße hinab, nach beiden Seiten rinnt Wasser, und was hier
oben nah und Hand in Hand beisammen steht, findet seinen
Weg nach zwei Welten hin. Die kleine Lache, die mein Schuh
da streift, rinnt nach dem Norden ab, ihr Wasser kommt in
ferne kalte Meere. Der kleine Schneerest dicht daneben aber
tropft nach Süden ab, sein Wasser fällt nach ligurischen oder
adriatischen Küsten hin ins Meer, dessen Grenze Afrika ist.
Aber alle Wasser der Welt finden sich wieder, und Eismeer
und Nil vermischen sich im feuchten Wolkenflug. Das alte
schöne Gleichnis heiligt mir die Stunde. Auch uns Wanderer
führt jeder Weg nach Hause.

Noch hat mein Blick die Wahl, noch gehört ihm Nord
und Süd. Nach fünfzig Schritten wird nur noch der Süden
mir offen stehen. Wie atmet er geheimnisvoll aus bläulichen Tälern herauf! Wie schlägt mein Herz ihm entgegen! Ahnung von Seen und Gärten, Duft von Wein und
Mandel weht herauf, alte heilige Sage von Sehnsucht und
Romfahrt.

Aus der Jugend klingt mir Erinnerung her wie Glockenruf
aus fernen Tälern: Reiserausch meiner ersten Südenfahrt, trun-
kenes Einatmen der üppigen Gartenluft an den blauen Seen,
abendliches Hinüberlauschen über erblassende Schneeberge
in die ferne Heimat! Erstes Gebet vor heiligen Säulen des

Altertums! Erster traumhafter Anblick des schäumenden Meeres hinter braunen Felsen!

Der Rausch ist nicht mehr da, und nicht mehr das Verlangen, allen meinen Lieben die schöne Ferne und mein Glück zu zeigen. Es ist nicht mehr Frühling in meinem Herzen. Es ist Sommer. Anders klingt der Gruß der Fremde zu mir herauf. Sein Widerhall in meiner Brust ist stiller. Ich werfe keinen Hut in die Luft. Ich singe kein Lied.

Aber ich lächle, nicht nur mit dem Munde. Ich lächle mit der Seele, mit den Augen, mit der ganzen Haut, und ich biete dem heraufduftenden Lande andere Sinne entgegen als einstmals, feinere, stillere, schärfere, geübtere, auch dankbarere. Dies alles gehört mir heute mehr als damals, spricht reicher und mit verhundertfachten Nuancen zu mir. Meine trunkene Sehnsucht malt nicht mehr Traumfarben über die verschleierten Fernen, mein Auge ist zufrieden mit dem, was da ist, denn es hat sehen gelernt. Die Welt ist schöner geworden seit damals. Die Welt ist schöner geworden. Ich bin allein, und leide nicht unter dem Alleinsein. Ich wünsche nichts anders. Ich bin bereit, mich von der Sonne fertigkochen zu lassen. Ich bin begierig, reif zu werden. Ich bin bereit zu sterben, bereit wiedergeboren zu werden. Die Welt ist schöner geworden.

(Aus: »Wanderung«, 1918/19)

/ SOMMERWANDERUNG /

Weites, goldenes Ährenmeer
Wogt im Wind auf reifen Stengeln.
Hufbeschlag und Sensendengeln
Klingen fern vom Dorfe her.

Warme, düfteschwere Zeit!
Zitternd in der Sonne Gluten
Wiegen sich die goldnen Fluten
Reif und schon zum Schnitt bereit.

Fremdling, der ich ohne Pfad
Suchend pilgere auf Erden,
Werd ich reif befunden werden,
Wenn auch mir der Schnitter naht?

/ BLAUER SCHMETTERLING /

Flügelt ein kleiner blauer
Falter vom Wind geweht,
Ein perlmutterner Schauer,
Glitzert, flimmert, vergeht.
So mit Augenblicksblinken,
So im Vorüberwehn
Sah ich das Glück mir winken,
Glitzern, flimmern, vergehn.

// Das Schmetterlingssammeln fing ich mit acht oder neun Jahren an und trieb es anfangs ohne besonderen Eifer wie andre Spiele und Liebhabereien auch. Aber im zweiten Sommer, als ich etwa zehn Jahre alt war, da nahm dieser Sport mich ganz gefangen und wurde zu einer solchen Leidenschaft, daß man ihn mir mehrmals meinte verbieten zu müssen, da ich alles darüber vergaß und versäumte. War ich auf Falterfang, dann hörte ich keine Turmuhr schlagen, sei es zur Schule oder zum Mittagessen, und in den Ferien war ich oft, mit einem Stück Brot in der Botanisierbüchse, vom frühen Morgen bis zur Nacht draußen, ohne zu einer Mahlzeit heimzukommen.

Ich spüre etwas von dieser Leidenschaft noch jetzt manchmal, wenn ich besonders schöne Schmetterlinge sehe. Dann überfällt mich für Augenblicke wieder das namenlose, gierige Entzücken, das nur Kinder empfinden können, und mit dem ich als Knabe meinen ersten Schwalbenschwanz beschlich. Und dann fallen mir plötzlich ungezählte Augenblicke und Stunden der Kinderzeit ein, glühende Nachmittage in der trockenen, stark duftenden Heide, kühle Morgenstunden im Garten oder Abende an geheimnisvollen Waldrändern, wo ich mit meinem Netz auf der Lauer stand wie ein Schatzsucher und jeden Augenblick auf die tollsten Überraschungen und Beglückungen gefaßt war. Und wenn ich dann einen schönen Falter sah, er brauchte nicht einmal besonders selten zu sein, wenn er auf einem Blumenstengel in der Sonne saß und die farbigen Flügel atmend auf und ab bewegte und mir die Jagdlust den Atem verschlug, wenn ich näher und näher schlich und jeden leuchtenden Farbenfleck und jede kristallene Flügelader und jedes feine braune Haar der Fühler sehen konnte, das war eine Spannung und Wonne, eine Mischung von zarter Freude mit wilder Begierde, die ich später im Leben selten mehr empfunden habe.

(Aus: »Das Nachtpfauenauge«, 1911)

/ DER SCHMETTERLING /

Mir war ein Weh geschehen,
Und da ich durch die Felder ging,
Da sah ich einen Schmetterling,
Der war so weiß und dunkelrot,
Im blauen Winde wehen.

O du! In Kinderzeiten,
Da noch die Welt so morgenklar
Und noch so nah der Himmel war,
Da sah ich dich zum letztenmal
Die schönen Flügel breiten.

Du farbig weiches Wehen,
Das mir vom Paradiese kam,
Wie fremd muß ich und voller Scham
Vor deinem tiefen Gottesglanz
Mit spröden Augen stehen!

Feldeinwärts ward getrieben
Der weiß' und rote Schmetterling,
Und da ich träumend weiterging,
War mir vom Paradiese her
Ein stiller Glanz geblieben.

/ JUNI /

Das Heu ist reif und duftet fein
Geh hin, sei froh und füg dich drein:
In unserm Leben wird kein Jahr
So schön, wie das vergangene war.

/ JULI /

Streck dich hin am Gartenhag,
Laß dein Herz dem Sommer lauschen!
Ungerufen kommt der Tag,
Da die ersten Sicheln rauschen.

/ AUGUST /

Schaue nur dem Schnitter zu,
Er läßt sichs sauer werden.
Und denke, daß auch du
Einst sollst geerntet werden.

// Es war vielleicht der üppigste Juni, den ich je erlebt habe, und es wäre bald Zeit, daß wieder so einer käme. Der kleine Blumengarten vor meines Vetters Haus an der Dorfstraße duftete und blühte ganz unbändig; die Georginen, die den schadhaften Zaun versteckten, standen dick und hoch und hatten feiste und runde Knospen angesetzt, aus deren Ritzen gelb und rot und lila die jungen Blütenblätter strebten. Der Goldlack brannte so überschwenglich honigbraun und duftete so ausgelassen und sehnlich, als wüßte er wohl, daß seine Zeit schon nahe war, da er verblühen und den dicht wuchernden Reseden Platz machen mußte. Still und brütend standen die steifen Balsaminen auf dicken, gläsernen Stengeln, schlank und träumerisch die Schwertlilien, fröhlich hellrot die verwildernden Rosenbüsche. Man sah kaum eine Handbreit Erde mehr, als sei der ganze Garten nur ein großer, bunter und fröhlicher Strauß, der aus einer zu schmalen Vase hervorquoll, an dessen Rändern die Kapuziner in den Rosen fast erstickten und in dessen Mitte der prahlerisch emporflammende Türkenbund mit seinen großen geilen Blüten sich frech und gewalttätig breitmachte. [...]

Seit zwei Wochen stand ein heißer, blauer Himmel über dem Land, am Morgen rein und lachend, am Nachmittag stets von niederen, langsam wachsenden gedrängten Wolkenballen umlagert. Nachts gingen nah und fern Gewitter nieder, aber jeden Morgen, wenn man – noch den Donner im Ohr – erwachte, glänzte die Höhe blau und sonnig herab und war schon wieder ganz von Licht und Hitze durchtränkt. Dann

begann ich froh und ohne Hast meine Art von Sommerle-
ben: kurze Gänge auf glühenden und durstig klaffenden Feld-
wegen durch warm atmende, hohe gilbende Ährenfelder, aus
denen Mohn und Kornblumen, Wicken, Kornraden und
Winden lachten, sodann lange, stundenlange Rasten im hohen Gras an Waldsäumen, über mir Käfergoldgeflimmer, Bie-
nengesang, windstill ruhendes Gezweige im tiefen Himmel;
gegen Abend alsdann ein wohlig träger Heimweg durch Son-
nenstaub und rötliches Ackergold, durch eine Luft voll Reife
und Müdigkeit und sehnsüchtigem Kuhgebrüll, und am Ende lange, laue Stunden bis Mitternacht, versessen unter Ahorn
und Linde allein oder mit irgendeinem Bekannten bei gel-
bem Wein, ein zufriedenes, lässiges Plaudern in die warme
Nacht hinein, bis fern irgendwo das Donnern begann und
unter erschrocken aufrauschenden Windschauern erste, langsam und wollüstig aus den Lüften sinkende Tropfen schwer
und weich und kaum hörbar in den dicken Staub fielen.
[…]
Es war mir so wohl wie noch nie. Still und langsam schlen-
derte ich in Feld und Wiesenland, durch Korn und Heu und
hohen Schierling, lag regungslos und atmend wie eine Schlan-
ge in der schönen Wärme und genoß die brütend stillen
Stunden.
Und dann diese Sommertöne! Diese Töne, bei denen einem
wohl und traurig wird und die ich so lieb habe: das unendli-
che, bis über Mitternacht anhaltende Zikadenläuten, an das
man sich völlig verlieren kann wie an den Anblick des Mee-

res – das satte Rauschen der wogenden Ähren – das beständig auf der Lauer liegende entfernte leise Donnern – abends das Mückengeschwärme und das fernhin rufende, ergreifende Sensendengeln – nachts der schwellende, warme Wind und das leidenschaftliche Stürzen plötzlicher Regengüsse. Und wie in diesen kurzen, stolzen Wochen alles inbrünstiger blüht und atmet, tiefer lebt und duftet, sehnlicher und inniger lodert! Wie der überreiche Lindenduft in weichen Schwaden ganze Täler füllt, und wie neben den müden, reifenden Kornähren die farbigen Ackerblumen gierig leben und sich brüsten, wie sie verdoppelt glühen und fiebern in der Hast der Augenblicke, bis ihnen viel zu früh die Sichel rauscht!

(Aus: »Die Marmorsäge«, 1903)

/ GUTE STUNDE /

Erdbeeren glühn im Garten,
Ihr Duft ist süß und voll,
Mir ist, ich müsse warten,
Daß durch den grünen Garten
Bald meine Mutter kommen soll.
Mir ist, ich bin ein Knabe
Und alles war geträumt,
Was ich vertan, versäumt,
Verspielt, verloren habe.
Noch liegt im Gartenfrieden

Die reiche Welt vor mir,
Ist alles mir beschieden,
Gehöret alles mir.
Benommen bleib ich stehen
Und wage keinen Schritt,
Daß nicht die Düfte verwehen
Und meine gute Stunde mit.

// Der Garten meines Vaters stand in sommerlicher Pracht.
Da standen blühende Gesträuche und Bäume mit dichtem
Sommerlaub gegen den tiefen Himmel, Efeu wuchs die hohe Stützmauer hinan, und darüber ruhte der Berg mit rötlichen Felsen und blauschwarzem Tannenwald. Und ich stand
und sah es an und war ergriffen davon, daß jedes Einzelne so
wunderlich schön und lebendig, farbig und strahlend war.
Manche Blumen wiegten sich auf ihren Stengeln so zart und
blickten aus den farbigen Kelchen so rührend fein und innig,
daß ich sie lieb hatte und sie genoß wie Lieder eines Dichters. Auch viele Geräusche, die ich früher nie beachtet hatte,
fielen mir jetzt auf und sprachen zu mir und beschäftigten
mich: der Laut des Windes in den Tannen und im Gras, das
Läuten der Grillen auf den Wiesen, der Donner entfernter
Gewitter, das Rauschen des Flusses am Wehr und die vielen
Stimmen der Vögel. Abends sah und hörte ich die Schwärme
der Fliegen im goldenen Spätlicht und lauschte den Fröschen am Teich. Tausend nichtige Dinge wurden mir auf

einmal lieb und wichtig und berührten mich wie Erlebnisse. Zum Beispiel wenn ich morgens zum Zeitvertreib ein paar Beete im Garten begoß und die Erde und die Wurzeln so dankbar und gierig tranken. Oder ich sah einen kleinen blauen Schmetterling im Mittagsglanz wie betrunken taumeln. Oder ich beobachtete die Entfaltung einer jungen Rose. Oder ich ließ abends vom Nachen aus die Hand ins Wasser hängen und spürte das weiche laue Ziehen des Flusses an den Fingern.

(Aus: »Brief eines Jünglings«, 1906)

// Jetzt blühen wahrhaftig schon die Linden wieder, und am Abend, wenn es zu dunkeln beginnt und wenn die schwere Arbeit getan ist, kommen die Frauen und die Mädchen daher, steigen an der Leiter in die Äste hinauf und pflücken sich ein Körblein voll Lindenblüten. Davon machen sie späterhin, wenn jemand krank wird und Nöte hat, einen heilsamen Tee. Sie haben recht; warum soll die Wärme, die Sonne, die Freude und der Duft dieser wundersamen Jahreszeit so ungenützt vergehen? Warum soll nicht in Blüten oder sonstwo etwas davon verdichtet und greifbar hängenbleiben, daß wir es holen, heimtragen und später einmal in kalten und bösen Zeiten einen Trost daran haben können?

Wenn man nur von allem Schönen so einen Beutel voll aufbewahren und für bedürftige Zeiten aufsparen könnte! Freilich, es wären doch nur künstliche Blumen mit künstlichem

Duft. Alle Tage rauscht die Fülle der Welt an uns vorüber;
alle Tage blühen Blumen, strahlt das Licht, lacht die Freude.
Manchmal trinken wir uns daran dankbar satt, manchmal
sind wir müde und verdrießlich und mögen nichts davon
wissen; immer aber umgibt uns ein Überfluß des Schönen.
Das ist das Herrliche an jeder Freude, daß sie unverdient
kommt und niemals käuflich ist; sie ist frei und ein Gottes-
geschenk für jedermann, wie der wehende Duft der Lindenblüte.

(Aus: »Lindenblüte«, 1906)

// Alles war schön, alles war Anselm willkommen, befreundet und vertraut, aber der größte Augenblick des Zaubers
und der Gnade war in jedem Jahr für den Knaben die erste
Schwertlilie. In ihrem Kelch hatte er irgendeinmal, im früh-
sten Kindestraum, zum erstenmal im Buch der Wunder gelesen, ihr Duft und wehendes vielfaches Blau war ihm Anruf
und Schlüssel der Schöpfung gewesen. So ging die Schwertlilie mit ihm durch alle Jahre seiner Unschuld, war in jedem
neuen Sommer neu, geheimnisreicher und rührender geworden. Auch andre Blumen hatten einen Mund, auch andre
Blumen sandten Duft und Gedanken aus, auch andre lock-
ten Biene und Käfer in ihre kleinen, süßen Kammern. Aber
die blaue Lilie war dem Knaben mehr als jede andre Blume
lieb und wichtig geworden, sie wurde ihm Gleichnis und
Beispiel alles Nachdenkenswerten und Wunderbaren. Wenn

er in ihren Kelch blickte und versunken diesem hellen träumerischen Pfad mit seinen Gedanken folgte, zwischen den gelben wunderlichen Gestäuden dem verdämmernden Blumeninnern entgegen, dann blickte seine Seele in das Tor, wo die Erscheinung zum Rätsel und das Sehen zum Ahnen wird. Er träumte auch bei Nacht zuweilen von diesem Blumenkelch, sah ihn ungeheuer groß vor sich geöffnet wie das Tor eines himmlischen Palastes, ritt auf Pferden, flog auf Schwänen hinein, und mit ihm flog und ritt und glitt die ganze Welt leise, von Magie gezogen, in den holden Schlund hinein und hinab, wo jede Erwartung zur Erfüllung und jede Ahnung Wahrheit werden mußte.

Jede Erscheinung auf Erden ist ein Gleichnis, und jedes Gleichnis ist ein offenes Tor, durch welches die Seele, wenn sie bereit ist, in das Innere der Welt zu gehen vermag, wo du und ich und Tag und Nacht alle eines sind. Jedem Menschen tritt hier und dort in seinem Leben das geöffnete Tor in den Weg, jeden fliegt irgendeinmal der Gedanke an, daß alles Sichtbare ein Gleichnis sei, und daß hinter dem Gleichnis der Geist und das ewige Leben wohne. Wenige freilich gehen durch das Tor und geben den schönen Schein dahin für die geahnte Wirklichkeit des Innern.

(Aus: »Iris«, 1916)

Aus grünem Blattkreis kinderhaft beklommen
Blickt sie um sich und wagt es kaum zu schauen,
Fühlt sich von Wogen Lichtes aufgenommen,
Spürt Tag und Sommer unbegreiflich blauen.

Es wirbt um sie das Licht, der Wind, der Falter,
Im ersten Lächeln öffnet sie dem Leben
Ihr banges Herz und lernt, sich hinzugeben
Der Träumefolge kurzer Lebensalter.

Jetzt lacht sie voll, und ihre Farben brennen,
An den Gefäßen schwillt der goldne Staub,
Sie lernt den Brand des schwülen Mittags kennen
Und neigt am Abend sich erschöpft ins Laub.

Es gleicht ihr Rand dem reifen Frauenmunde,
Um dessen Linien Altersahnung zittert;
Heiß blüht ihr Lachen auf, an dessen Grunde
Schon Sättigung und bittre Neige wittert.

Nun schrumpfen auch, nun fasern sich und hangen
Die Blättchen müde überm Samenschoße.
Die Farben bleichen geisterhaft: das große
Geheimnis hält die Sterbende umfangen.

Dich hab ich lieb, du keckes Rot,
So sonnendurstig, wild und lebend,
Im Sommerduft zwischen Tag und Tod
So blühend und fröhlich schwebend.

Und doch zugleich so still verträumt,
Als hegtest du ein Trauern,
Daß deine Lust, so wild sie schäumt,
Nur einen Sommer soll dauern.

/ NELKE /

Rote Nelke blüht im Garten,
Läßt verliebte Düfte glühen,
Will nicht schlafen, will nicht warten,
Einen Trieb nur hat die Nelke:
Rascher, heißer, wilder blühen!

Eine Flamme seh ich prangen,
Wind in ihre Röte rennen,
Und sie zittert vor Verlangen.
Einen Trieb nur hat die Flamme:
Rascher, rascher zu verbrennen!

Du in meinem Blute innen,
Liebe du, was soll dein Träumen?
Willst ja nicht in Tropfen rinnen,
Willst in Strömen, willst in Fluten
Dich vergeuden, dich verschäumen!

/ HEISSER MITTAG /

Im trocknen Grase lärmen Grillenchöre,
Heuschrecken flügeln am verdorrten Rain,
Der Himmel kocht und spinnt in weiße Flöre
Die fernen bleichen Berge langsam ein.

Es knistert überall und raschelt spröde,
Auch schon im Wald erstarren Farn und Moos,
Hart blickt im dünnen Dunst der Himmelsöde
Die Julisonne weiß und strahlenlos.

Einschläfernd laue Mittagslüfte schleichen.
Das Auge schließt sich müd. Es spielt das Ohr
Im Traum sich die ersehnten, gnadenreichen
Tonfluten kommender Gewitter vor.

// Eine Erinnerung an die sagenhaft gewordene Kindheit
kam mir dieser Tage. Sei willkommen, schöne Erinnerung!
Durch meine Vaterstadt im Schwarzwald floß ein Fluß, ein
Fluß, an dem damals nur erst ganz wenige Fabriken standen,
wo es viele alte Mühlen und Brücken, Schilfufer und Erlen-
gehölze, wo es viele Fische und im Sommer Millionen von
dunkelblauen Wasserjungfern gab. Es ist mir unbekannt, wie
sich die Fische und die Wasserjungfern zwischen dem zunehmenden Zementgemäuer der Ufer und den zunehmenden Fabriken gehalten haben, vielleicht sind sie noch immer
da. Vermutlich längst verschwunden aber ist etwas, was es
damals auf dem Flusse gab, etwas Schönes und Geheimnis-
volles, etwas Märchenhaftes, etwas vom Allerschönsten, was
dieser schöne sagenhafte Fluß besaß: die Flößerei. Damals,
zu unseren Zeiten, wurden die Schwarzwälder Tannenstäm-
me den Sommer über in gewaltigen Flößen alle die kleinen
Flüsse bis nach Mannheim und zuweilen noch bis nach Holland hinunter auf dem Wasser befördert, die Flößerei war ein
eigenes Gewerbe, und für jedes Städtchen war im Frühjahr
das Erscheinen des ersten Floßes noch wichtiger und merk-
würdiger als das der ersten Schwalben.
Ein solches Floß (das aber auf schwäbisch nicht »das Floß«
hieß, sondern »der Flooz«) bestand aus lauter langen Tannen-
und Fichtenstämmen, sie waren entrindet, aber nicht weiter
zugehauen, und das Floß bestand aus einer größeren Anzahl
von Gliedern. Jedes Glied umfaßte etwa acht bis zwölf Stämme, die an den Enden verbunden waren, und an jedem Glied

hing das nächste Glied elastisch, mit Weiden gebunden, so
daß das Floß, war es auch noch so lang, mit seinen beweglichen Gliedern sich den Krümmungen des Flusses anschmiegen konnte. Dennoch passierte es nicht selten, daß ein Floß
steckenblieb, eine aufregende Sache für die ganze Stadt und
ein hohes Fest für die Jugend. Die Flößer, wegen ihres Mißgeschicks von den Brücken herab und aus den Fenstern der
Häuser vielfach verhöhnt, waren wütend und hatten fieberhaft zu arbeiten, wateten schimpfend bis zum Bauch im Wasser, schrien und zeigten die ganze berühmte Wildheit und
Rauhigkeit ihres Standes; noch ärgerlicher und böser waren
die Müller und Fischer, und alles, was am Ufer sein Leben
und seine Arbeit hatte, namentlich die vielen Gerber, rief den
Flößern Scherzworte oder Schimpfworte zu. War das Floß
unter einem offenen Schleusentor steckengeblieben, dann
trabten und schimpften die Müller ganz besonders, und es
gab dann zuweilen für uns Knaben ein besonderes Glück:
das Flußbett rann eine Strecke weit beinahe leer, und unterhalb der Wehre konnten wir dann die Fische mit der Hand
fangen, die breiten, glänzenden Rotaugen, die schnellen,
stachligen Barsche und etwa auch ein Neunauge.

Die Flößer gehörten offensichtlich zu den Unseßhaften, Wilden, Wanderern, Nomaden, und Floß und Flößer waren bei
den Hütern der Sitte und Ordnung nicht wohlgelitten. Umgekehrt war für uns Knaben, sooft ein Floß erschien, Gelegenheit zu Abenteuern, Aufregungen und Konflikten mit
jenen Ordnungsmächten. So wie zwischen Müllern und Flö-

ßern ein ewiger Krieg bestand, in dem ich stets zur Partei der Flößer hielt, so bestand bei unseren Lehrern, Eltern, Tanten eine Abneigung gegen das Flößerwesen, und ein Bestreben, uns mit ihm möglichst wenig in Berührung kommen zu lassen. Wenn einer von uns zu Hause mit einem recht unflätigen Wort, einem meterlangen Fluch aufwartete, dann hieß es bei den Tanten, das habe man natürlich wieder bei den Flößern gelernt. Und an manchem Tage, der durch die Durchreise eines Floßes uns zum Fest geworden war, gab es väterliche Prügel, Tränen der Mutter, Schimpfen des Polizisten. Eine schöne Sage, die wir Knaben über alles liebten, war die von einem kleinen Buben, der einst wider alle Verbote ein Floß bestiegen und damit bis nach Holland und ans Meer gekommen sei und erst nach Monaten sich wieder bei seinen trauernden Eltern eingefunden habe. Es diesem Märchenknaben gleichzutun war jahrelang mein innigster Wunsch.

(Aus: »Floßfahrt«, 1927)

/ MEERMITTAG /

Das ist so süß wie Traum und Tod:
Von Glut und Stille müd und schwer
Zu ruhn in einem Fischerboot
Im herben Duft von Salz und Teer.
Der kurzen Pfeife Wolkenspiel
Folgt lang das Auge ohne Ziel,

Bis es gebannt und müde ruht
In blauer Mittagssonnenglut.
Da segeln hoch in stetem Ziehn
Die weißen, losen Wolken hin,
Fernher mit kaum gehörtem Pfiff
Gibt Kunde seiner Fahrt ein Schiff.

Die Flut in träumerischem Spiel
Verlecht mit dumpfem Laut am Kiel;
Das schlaffe Segel feiert leer
Die Netzeschnur schleift hinterher.

Und alles, was dich sonst bewegt,
Und alles, was in Glück und Weh
Dir irgendwann das Herz erregt,
Ruht tief und schlummert in der See.
Dein Herz, so wild es sonst gebrannt,
Wird wieder still, wird wieder Kind
Und ruht wie Sonne, Meer und Wind
In Gottes Hand.

// Still löse ich die Kette vom Baumstamm, schiebe mein leichtes Boot ins Wasser, kniee hinten auf und stoße vom Strande ab. Der See liegt spiegelglatt und flimmert grün und silbern, die Sonne brennt in voller Mittagskraft herunter, und der jenseitige Seerand spiegelt einen blauen, leuchtenden, von festgeballten, schneeweißen Sommerwolken durchzogenen Himmel.

Hinter mir entweicht das schattige Wiesenufer mit hohen Pappeln und breiten, alten, tiefhängenden Weiden, und mit dem Ufer flieht auch alles das zurück, was mir dort am Lande Arbeit und Freuden, Pein und Sorge macht. Es wird fern und unkenntlich, es verliert an Wichtigkeit und Wert, und je weiter ich in den blendenden Brand der Farben und Lüfte hineinfahre, desto fremder, älter, unbegreiflicher wird das kaum erst Vergangene.

Zu Hause liegen Briefe, auf die ich antworten soll, und Rechnungen, die ich zahlen, und Einladungen, denen ich folgen soll, angefangene Arbeiten und aufgeschlagene Bücher. Alle diese Dinge scheinen mir, indes ich langsam seewärts rudere, uralt und wesenlos, dumm und unnötig, einer sonderbar entarteten Welt zugehörig, der ich entronnen bin und die ich nimmer verstehe. Ein Kohlenhändler will Geld von mir, weil ich vor Monaten mit seinen Kohlen eingeheizt habe; ein Verlagsbuchhändler will, ich soll ein neues Buch schreiben; ein Freund verlangt Auskunft über die hiesigen Wohn- und Steuerverhältnisse. Über mir blaut in ungeheurer Weite und Glut der vieltausendjährige Himmel, Wolken schreiten ihren uralt heiligen Reigen und stille Berge stehen kühn und unveränderlich – wie ist es möglich, daß daneben immer noch der lumpige Bagatellenkram der kleinlichen Menschengeschäfte und Menschensorgen besteht! Nein, er besteht nicht mehr, er ist untergegangen wie alles Lächerliche untergeht, ist zu Sage, Traum und unbegreiflicher Vergangenheit geworden.

(Aus: »Ein Bummeltag«, 1905)

// Nackt in der Sommersonne zu liegen, ist immer eine Wonne; es ist schön, wenn man es auf einer Wiese oder im Sand am Ufer oder auf der Dachterrasse eines Hauses tut, aber nirgends ist es so schön wie auf einem großen Wasserspiegel im Boot, das wie ein Kelch die Wärme empfängt und hält. Da geht der Sonnenbrand durch Haut und Fleisch bis ins Mark, und wenn es zuviel wird, braucht man nur einen raschen Sprung zu tun und liegt sogleich im tiefen, klaren Wasser. Zu Anfang des Sommers, wenn der Leib noch weiß und kleidergewohnt ist, gibt es kleine Beschwerden; da brennt die Haut und rötet sich und schält sich ab. Dann aber wird sie fest und braun und sonnensicher, und dann kommt die Zeit, da der Leib seiner selbst froh wird und in animalischem Wohlsein atmet und gedeiht und Sonne, Wasser und Luft als seinesgleichen fühlt. Dann hört auch die Empfindung der Einheit von Leib und Seele auf, ein peinliches Abhängigkeitsgefühl zu sein. Denn wie der Körper sich frei und wohl und sicher fühlt, so weist die Seele das Kleid der Gewohnheit und Alltäglichkeit von sich, atmet erstaunt und frei, kehrt zu heimatlichen Quellen zurück, wird dankbares Kind der Erde und Sonne, fühlt Verwandtschaft mit allem Lebenden und lernt die Sprache der Erde wieder verstehen. Sie wird Kind, Welle, Wolke, Lied, sie singt und träumt, sie erlebt Sagen und Wunder. Wie alle Dichtung Erinnerung ist, so sind die seltsamen Regungen und phantastischen Träume, die in solchen Sonnenstunden in uns spielen, Erinnerungen an fernstes Ehemals, an Schöpfung und Urzeit, an den »Geist über den Wassern« ...

(Aus: »Ein Bummeltag«, 1905)

/ HÄUSER AM ABEND /

Im späten schrägen Goldlicht steht
Das Volk der Häuser still durchglüht,
In kostbar tiefen Farben blüht
Sein Feierabend wie Gebet.

Eins lehnt dem andern innig an,
Verschwistert wachsen sie am Hang,
Einfach und alt wie ein Gesang,
Den keiner lernt und jeder kann.

Gemäuer, Tünche, Dächer schief,
Armut und Stolz, Verfall und Glück,
Sie strahlen zärtlich, sanft und tief
Dem Tage seine Glut zurück.

Vom trägen Anschauen eines goldenen Sommerabends und vom lässig wohligen Einatmen einer leichten, reinen Bergluft bis zum innigen Verständnis für Natur und Landschaft ist noch ein weiter Weg. Es ist herrlich, auf einer sonnenwarmen Wiese hingestreckt, träge Ruhestunden zu verliegen. Aber den vollen, hundertmal tieferen und edleren Genuß davon hat nur der, dem diese Wiese samt Berg und Bach, Erlengebüsch und fernragender Gipfelkette ein vertrautes, wohlbekanntes Stück Erde ist. Aus einem solchen Stücklein Boden seine Gesetze zu lesen, die Notwendigkeit seiner Gestaltung und Vegetation zu durchschauen, sie im Zusammenhang mit der Geschichte, dem Temperament, der Bauart und Sprechweise und Tracht des dort heimischen Volkes zu fühlen, das fordert Liebe, Hingabe, Übung. Aber solche Mühen lohnen sich. In einem Lande, das du dir mit Eifer und Liebe vertraut und zu eigen gemacht hast, gibt dir jede Wiese und jeder Fels, an dem du rastest, alle seine Geheimnisse her und nährt dich mit Kräften, die er anderen nicht gönnt.

(Aus: »Über das Reisen«, 1904)

// SOMMERTAG IM SÜDEN

Im Frieden, als unsre reichgewordenen Landsleute noch unbehindert reisen konnten, da traf man im Sommer keinen von ihnen im Süden an. Im Sommer war der Süden, einem dunklen Gerücht zufolge, unerträglich heiß und von phan-

tastischen Plagen erfüllt, und man zog es vor, in Nordland
zu sitzen oder in einem Alpenhotel auf zweitausend Meter
Höhe den Sommer durchzufrieren. Jetzt ist das anders, und
wer einmal das Glück gehabt hat, seine Person und seine
Kriegsgewinne nach dem Süden zu exportieren, der bleibt
da und genießt, unter Gottes allesduldender Sonne, die Seg-
nungen dieses Sommers mit. Wir alte Auslandsdeutsche tre-
ten sehr in den Hintergrund, sind auch mit unsren sorgen-
vollen Gesichtern und Fransen an den Hosen nicht recht
präsentabel. Dafür wird unser Volk glanzvoll durch eben jene Herrschaften vertreten, die sich hier mit Hilfe der recht-
zeitig weggeschmuggelten Gelder Häuser, Gärten und Bür-
gerrecht gekauft haben.

Aber unbekümmert um diese kleinen Dinge geht jeden Morgen die Sonne auf, und die Vögel in den unendlichen Kasta-
nienwäldern fangen zu singen an. Ich stecke mir ein Stück
Brot in die Tasche und ein Buch und einen Bleistift und die
Badehose und verlasse mein Dorf, um einen langen Sommertag im Wald und See zu Gast zu sein. Der Wald hat abgeblüht
und hängt schon voll kleiner stachliger Früchte, die Heidel-
beeren sind schon vorüber, und die Brombeeren fangen an,
deren die Welt hier voll ist.

Viele liebe kleine Blumen, Gräser, Moose und Pilze begeg-
nen mir wieder, die ich nicht kenne und deren Namen ken-
nenzulernen ich mir immer und immer wieder vorgenom-
men habe. Mit einem kleinen guten Botanikbuch in Ruhe
mich unter diese lieben Blumen zu setzen und sie zu studie-

ren, das ist ein Entschluß von mir, ähnlich wie der Vorsatz, später einmal still in einem kleinen Garten zu leben, Gemüse zu bauen und nie mehr über meinen Gartenzaun hinweg zu denken. Sie sind schön, diese Vorsätze, und machen uns Freude, aber um sie einzuhalten, ist das Leben, wie es scheint, zu kurz. Jedenfalls der Sommer. In diesem Süden hier, wo man mehrere Monate des Jahres tatsächlich nicht an Frieren und Kohlen zu denken braucht, fliehen diese unglaublichen, goldenen Sommertage hin mit einer Fieberhast, mit einem kurzen, gierigen Flügelschlag, als wittre auch Sonne, Stern und Mond etwas von Untergang und Weltnot und eile sich, noch einmal sich umzudrehen. So tun auch wir, wir armen Menschen, und singen unser Lied und tanzen unsern Tanz mit in dieser raschen, vergänglichen Glut. Tief in den Wäldern schön und geheimnisvoll liegen unsre Schatzkammern, die kühlen kleinen Weinkeller der Bauern, wo am Feiertag und etwa auch am Abend bei der Boccia-Bahn freundliche Menschen ein Glas Landwein trinken, ein Stück Brot essen und miteinander plaudern. Hier verglühen mir manche warme, stille, nachdenkliche Abende voll Torheit und Sommerduft, voll Wehmut und Einsamkeit, voll Gedanken und Kinderei.

Im Waldschatten, nach der Mittagsrast, im Heidelbeerkraut und den Spiräen liege ich lang, singe die Lieder, die ich weiß, die deutschen und die welschen, und lese zwischenein in einem kleinen schwarzen Buch, das ich mithabe und das für den Augenblick für mich das schönste Buch der ganzen Welt

ist. Es heißt »Almaide« und ist geschrieben von dem Franzo-
sen Francis Jammes. Ein Buch aus Arkadien, selig und voller
Liebe.

Gegen den Abend aber wird es Zeit, irgendwo den See aufzu-
suchen, ein Stück Sandstrand mit Gehölz dahinter, etwas
Schilf und etwas Gras. Der See leckt mit warmer Zunge am
abendlich verglühenden Sand, die Angler stehn mit langen
Ruten träumerisch auf dünnen Waden in den Bachmündun-
gen, die Berge nehmen abendliche Färbungen an, der golde-
ne Abendzauber geht über die Welt, und das Weh im Herzen
wird für Stunden süß und wohlschmeckend. Auf den braunen Rücken brennt mir die Sonne, bis sie hinter einem der
vielen, allzu vielen Berge vergeht, den hungrigen Leib kühlt
mir der gute See, die Füße der Bach. Wie viel hätte man zu
wünschen und doch eigentlich nichts. Wie traurig ist uns
das Leben geworden – und wie dumm sind wir, wenn wir es
so traurig nehmen!

Im Dorf ein Teller Reis oder Makkaroni oder im Grotto ein
Stück Brot mit Wein, dann wird es Zeit, sich zu besinnen,
wo man ist, und langsam den Heimweg über die hellen nach-
leuchtenden Landstraßen einzuschlagen, die Fußwege berg-
auf durch den dunkelnden Wald, in dem die eingefangene
Wärme des Tages wie Honig hängt, schwer und berauschend,
die Wiesenwege an schon geschnittenem Korn und dickhän-
genden grünen Trauben vorbei, an den Gärten der Landhäu-
ser hin, wo die reichen Milanesen wohnen und wo im aufge-
henden Mond die vielen Hortensienbüsche zauberhaft in

bleichen holden Farben scheinen. Man kommt in sein Dorf zurück, es ist fast Mitternacht, der Mond sieht aus den streifigen Wolken her, die großen Sommermagnolien in den schwarzen hohen Bäumen riechen heftig nach Zitronen, unten am See glitzern die Lichter der Dörfer.

Der Mond läuft und läuft am Himmel, wie gehetzt, wie das Werk einer Uhr, die man wieder zum Gehen bringen wollte und in die man mit einer Stricknadel gestochen hat, es läuft dann auf einmal rasselnd ab, und der Zeiger rennt besessen übers Blatt wie ein Schnelläufer. Das Leben ist kurz, und wir haben es uns mit vieler Mühe, mit vielen Schlauheiten, mit vielem Aufwand verdorben und schwergemacht. Die paar guten Zeiten, die paar warmen Sommertage, die paar warmen Sommernächte wenigstens wollen wir austrinken, wollen wir genießen. Schon blühen die Rosen zum zweitenmal und die Glyzinien, schon nehmen die Tage wieder ab, Vergänglichkeit seufzt hinter jedem Baum und Blatt.

Nachtwind rauscht in den Wipfeln vor meinem Fenster auf, Mondlicht fällt herein auf den roten Steinboden. Freunde in der Heimat, was macht Ihr? Habt Ihr Blumen in den Händen oder Handgranaten? Lebt Ihr noch? Schreibt Ihr liebe Briefe an mich oder wieder Schmähartikel? Liebe Freunde, tut, was Ihr wollt, aber denkt je und je einen Augenblick daran, wie kurz das Leben ist!

(1919)

Ist dies nun alles, Blumengaukelspiel
Und Farbenflaum der lichten Sommerwiese,
Zartblau gespannter Himmel, Bienensang,
Ist dies nun alles eines Gottes
Stöhnender Traum,
Schrei unbewußter Kräfte nach Erlösung?
Des Berges ferne Linie,
Die schön und kühn im Blauen ruht,
Ist denn auch sie nur Krampf,
Nur wilde Spannung gärender Natur,
Nur Weh, nur Qual, nur sinnlos tastende,
Nie rastende, nie selige Bewegung?
Ach nein! Verlaß mich du, unholder Traum
Vom Leid der Welt!
Dich wiegt ein Mückentanz im Abendglast,
Dich wiegt ein Vogelruf,
Ein Windhauch auf, der mir die Stirn
Mit Schmeicheln kühlt.
Verlaß mich du, uraltes Menschenweh!
Mag alles Qual,
Mag alles Leid und Schatten sein –
Doch diese eine süße Sonnenstunde nicht,
Und nicht der Duft vom roten Klee,
Und nicht das tiefe, zarte Wohlgefühl
In meiner Seele.

Warm in dunkler Gartenkühle
Schweben bunte Ampelreihn,
Senden aus dem Laubgewühle
Zart geheimnisvollen Schein.

Eine lächelt hell zitronen,
Rot und weiße lachen feist,
Eine blaue scheint zu wohnen
Im Geäst wie Mond und Geist.

Eine plötzlich steht in Flammen,
Zuckt empor, ist rasch verloht ...
Schwestern schauern still zusammen,
Lächeln, warten auf den Tod:
Mondblau, Weingelb, Sammetrot.

/ JULIKINDER /

Wir Kinder im Juli geboren
Lieben den Duft des weißen Jasmin,
Wir wandern an blühenden Gärten hin
Still und in schwere Träume verloren.

Unser Bruder ist der scharlachene Mohn,
Der brennt in flackernden roten Schauern
Im Ährenfeld und auf den heißen Mauern,
Dann treibt seine Blätter der Wind davon.

Wie eine Julinacht will unser Leben
Traumbeladen seinen Reigen vollenden,
Träumen und heißen Erntefesten ergeben,
Kränze von Ähren und rotem Mohn in den Händen.

/ SOMMERABEND /

Fingerlein schreibt ein Gedicht,
Magnolie bleich schaut zum Fenster herein,
Im Glas funkelt dunkel der Abendwein,
Spiegelt der Geliebten Haar und Gesicht.

Sommernacht hat ihre dünnen Sterne verstreut,
Jugendgedächtnis duftet im mondhellen Laub ...
Bald, mein Fingerlein, sind wir Moder und Staub,
Übermorgen – morgen – vielleicht noch heut.

Noch einmal im verfinsterten Gewühle
Der Wetterwolken zuckt die Sonne vor,
Erhitzt den Dunst zu schauerlicher Schwüle
Und lächelt irr im bangen Gartenflor.

Vor tiefem Schwarzblau flammt das rote Haus
Grell wie Zinnober, und die Fenster funkeln …
Der nächste Augenblick löscht alles aus,
Das Licht verwelkt, ein Sausen singt im Dunkeln.

Jetzt jagen weiße Schauer aus der Nacht,
Mit schwerer Schleppe peitscht den Wald der Regen,
Blitz blendet, Hagel trommelt, höhnend kracht
Der Donner auf mit knatternd hellen Schlägen.

// TESSINER SOMMERABEND

Nach langer Glut und Dürre ist ein Regen gekommen, Donner hat den ganzen Nachmittag gekracht, ein paar Hagelkör-
ner haben geknallt, nach dem ersten erstickend schwülen
Dampf hat sanfte Kühle sich verbreitet, weithin riecht es nach
Erde, Steinen und bitterem Laub, es ist Abend geworden.
Im Wald, an der Schattenseite des Berges, liegen die Grotti,
die Weinkeller des Dorfes, ein kleines, zwerghaft phantasti-

sches Märchendorf im Walde, lauter Stirnseiten kleiner steinerner Giebelhäuser, die keine Rückseite haben, denn Dach und Haus verliert sich im Boden, und tief in den Berg hinein sind die Felsenkeller gebohrt. Da liegt der Wein in grauen Fässern, Wein vom vorigen Herbst und auch noch Wein vom vorvorigen, älteren gibt es nicht. Es ist ein sanfter, sehr leichter, traubiger Wein, von roter Farbe, er schmeckt kühl und sauer nach Fruchtsaft und dicken Traubenschalen.

Wir sitzen bei einem Grotto am steilen Waldhang auf kleiner Terrasse, die man auf ungefügen Stufen erklimmt und die Raum für einen oder zwei Tische hat. Ungeheuer steigen die Stämme der Bäume empor, alte riesige Bäume, Kastanie, Platane, Akazie. Sie streben hoch hinan, durch ihr Gezweige blickt wenig Himmel, oft bin ich bei fallendem Regen hier gesessen, im Freien im Walde, stundenlang, und bin von keinem Tropfen berührt worden. Wir sitzen im Dunkel, schweigend, ein paar fremde Künstler, die hier wohnen. In kleinen irdenen Tassen, weiß und blau gestreift, steht der rosige Wein.

Unter unserer kleinen Terrasseninsel, senkrecht unter uns, schimmert rötliches Licht in der Vorhalle des Kellers, durchs dichte Laubgitter alter Buchsbäume blicken wir hinab. Messing blinkt dort freudig im Lampenlicht: ein Horn liegt auf den Knien eines Mannes, der die kleine Weintasse vor sich stehen hat. Er setzt das Horn an. Einer neben ihm, nur halb sichtbar, nimmt die Baßtrompete, und wie sie zu spielen anfangen, klingt auch noch eine dritte Stimme mit, ein zartes

Holzinstrument, an das Fagott erinnernd. Sie spielen sachte,
zurückhaltend, klug, wohl wissend, daß sie in kleiner, enger
Vorhalle sitzen und wenig Zuhörer haben. Ihr gedämpftes
Spiel ist ländlich, frohmütig, herzlich, nicht ohne Rührung
und nicht ohne Humor, im Takt vollkommen sicher, ja beschwingt, die Stimmung aber nicht völlig rein. Diese Musik
ist von ebenderselben Art wie der Wein, den wir trinken: gut,
unschuldig, ländlich, zuverlässig, ohne heftige Reize und ohne Tücken.

Kaum haben die Klänge uns erreicht, kaum haben wir auf
unserem schmalen Bankbrett uns umgewendet, um alle hinab zu schauen, so sind schon Tänzer da. In dem Rest von
Tageslicht, der auf dem Plätzchen vor dem Kellereingang noch
zögert, in dem Rest von Lampenlicht, der aus der Vorhalle
sickert, tanzen drei Paare. Wir sehen sie durch das dichte
Gitter der Buchsbäume, das sie oft ganz verdeckt.

Das erste Paar sind zwei kleine Mädchen, eine Zwölfjährige,
eine Siebenjährige. Die Größere ist ganz schwarz, schwarze
Schürze, schwarze Strümpfe, schwarze Schuhe. Die Kleine
ist ganz hell, weiße Schürze, bloße Beine, bloße Füße. Die
Zwölfjährige tanzt sehr richtig, taktstreng und gewissenhaft,
sie kann es gut, unfehlbar schreitet sie im Takt, eilt und zögert am rechten Ort, ernst ist ihr Gesicht, ganz ernst, wie ein
bleiches Blumenblatt schwimmt es, kaum kenntlich in der
feuchten lauen Dunkelheit von Abend und Wald. Die Siebenjährige kann noch nicht richtig tanzen, sie will es erst
lernen, ihre Schritte sind feierlich lang, sie blickt unverwandt

auf die Füße ihrer Partnerin, die sie leise unterweist, die volle Unterlippe hält sie leicht mit den Zähnen emporgezogen. Beide Mädchen sind von Ernst und Glück erfüllt, kindliche Würde atmet ihr Tanz.

Das zweite Paar besteht aus zwei Jünglingen. Zwanzigjährigen. Einer, der größere, ist barhaupt und hat kurze krause Locken, der andere trägt den Filzhut schief auf dem Kopfe. Beide lächeln ein wenig, beide geben sich dem Tanze mit etwas angestrengtem Willen hin und sind sehr bemüht, jede Bewegung nicht nur richtig zu machen, sondern sie auch mit dem irgend Möglichen an Ausdruck und Verzierung zu füllen. Sie strecken die vereinten Hände weit von sich ab, sie legen die Köpfe weit in die Nacken, sie gehen zuweilen tief in die Knie, und beide machen den Rücken hohl und versuchen das Äußerste im Schweben und in der Feinheit. Ihr eifriger Tanz befeuert den Bläser des Holzinstrumentes, er spielt zarter, bläst schwellender, schmachtender. Beide Tänzer lächeln: der große hingegeben, selig, in sich selbst und seinen Tanz verliebt, hoch über der Welt; der andere halb schelmisch, auch leicht verlegen, ebenso bereit, sich ein wenig belächeln zu lassen wie Lob zu ernten. Der große wird glatter durchs Leben gehen.

Die zwei Mädchen, die das dritte Paar bilden, sind Luigina und Maria; ich habe sie beide vor zwei Jahren noch in die Schule gehen sehen. Luigina ist vom südlichen Typ, leicht, sehr schlank, sehr mager, ihre hohen, zarten Beine und der lange dünne Hals sind voll herber Lieblichkeit. Anders, weicher und viel schöner ist Maria, die ich vor kurzem noch geduzt habe und jetzt nicht mehr recht zu duzen wage. Sie hat ein kräftiges Gesicht von frischer Farbe, mit kräftigem Wangenrot, hellblaue stählerne Augen, braunes volles Haar und ist schon voll und jungfrauenhaft in Formen und Bewegungen, scheint etwas träge, hat aber den Blick voll Kraft und Rasse. Wenn ich ein junger Bursch aus dem Dorfe wäre, ich würde keine andere nehmen als Maria. Sie trägt ein rotes Kleid, immer trägt sie Rot oder Rosa. Maria tanzt mit Luigina, ihr rotes Kleid erscheint da und dort und verschwindet wieder im Buchsbaumlaub. Diese beiden tanzen sehr schön, sie sind voll von Glück, nicht mehr vom tiefen Ernst der Kindlichkeit gebannt wie die Kleinen, noch nicht losgebunden und eitel wie die beiden Burschen. Zu diesen beiden, zu Maria und Luigina, paßt am besten der holde zärtliche Ton des Bläsers, die frohe, an Vorschlägen und Kapriolen reiche Musik. Über ihre Scheitel spielt die grüne Walddämmerung, an ihren Stirnen glänzt ein kleiner Widerschein vom Lampenlicht der Halle, ihre Beine schreiten taktfest, eng und elastisch.

Dort unten, hinterm schwarzen Gewölk der Buchsbäume, fließt noch Licht, dort fließt Musik, dort tanzen die jungen Menschen, und andre lehnen am Pfeiler der Halle oder am Baumstamm, sehen zu, loben, nicken, lachen. Hier oben im Dunkel aber sitzen wir, wir Fremde und Künstler, in einem anderen Licht, in einer anderen Luft, von einer anderen Musik umflossen. Uns entzückt und begeistert, was jene dort nicht achten: ein Blattschatten auf dem Stein, ein verschossenes Blau an einer Bluse, der kleine ernste Knick im Knie der Siebenjährigen. Wir ersehnen und beneiden, was denen drüben wertlos und selbstverständlich ist. Sie aber sehen bei uns kuriose Dinge und Sitten, die sie ebenso beneiden und deren wir längst überdrüssig sind. Wir können, wenn wir wollen, zu jenen hinübergehen; es ist uns nicht verboten, uns unter sie zu mischen, uns zu ihrer Musik zu setzen, mit ihnen zu tanzen. Wir bleiben jedoch im Dunkel unter den alten Platanen sitzen, hören die Melodien der drei Bläser, beobachten das süße sterbende Licht auf den hellen Gesichtern, lauschen dem Rot Marias, wie es noch im einsinkenden Dunkel klingt und kämpft, atmen dankbar den Zauberhauch der Dämmerung und den holden Frieden einer kleinen ländlichen Welt, deren Spiel nur unser Auge berührt, deren Not nicht unsere ist, deren Glück nicht unseres ist.

Wir schenken rosigen Wein in die blauen Tonschalen, während unten die tanzenden Figuren mehr und mehr zu Schatten werden. Auch dein rotes Kleid, Maria, geht nun unter, ertrinkt in der Finsternis. Auch die hellen blumenblassen Gesichter löschen aus und sinken dahin. Nur das warme rote Licht in der Vorhalle atmet stärker, und wir gehen davon, ehe auch dies zerrinnt.

(1921)

/ REGEN /

Lauer Regen, Sommerregen
Rauscht von Büschen, rauscht von Bäumen,
Oh, wie gut und voller Segen,
Einmal wieder satt zu träumen!

War so lang im Hellen draußen,
Ungewohnt ist mir dies Wogen:
In der eignen Seele hausen,
Nirgend fremdwärts hingezogen.

Nichts begehr ich, nichts verlang ich,
Summe leise Kindertöne,
Und verwundert heim gelang ich
In der Träume warme Schöne.

Herz, wie bist du wundgerissen,
Und wie selig, blind zu wühlen,
Nicht zu denken, nicht zu wissen,
Nur zu fühlen, nur zu fühlen!

/ NÄCHTLICHER REGEN /

Bis in den Schlaf vernahm ich ihn
Und bin daran erwacht,

Nun hör ich ihn und fühle ihn,
Sein Rauschen füllt die Nacht
Mit tausend Stimmen feucht und kühl,
Geflüster, Lachen, Stöhnen,
Bezaubert lausch ich dem Gewühl
Von fließend weichen Tönen.

Nach all dem harten dürren Klang
Der strengen Sonnentage,
Wie innig ruft, wie selig-bang
Des Regens sanfte Klage!
So bricht aus einer stolzen Brust,
Wie spröde sie sich stelle,
Einmal des Schluchzens kindliche Lust,
Der Tränen liebe Quelle,
Und strömt und klagt und löst den Bann,
Daß das Verstummte reden kann,
Und öffnet neuem Glück und Leid
Den Weg und macht die Seele weit.

/ BLUMEN NACH EINEM UNWETTER /

Geschwisterlich, und alle gleichgerichtet,
Stehn die gebückten, tropfenden im Wind,
Bang und verschüchtert noch und regenblind,
Und manche schwache brach und liegt vernichtet.

Sie heben langsam, noch betäubt und zagend,
Die Köpfe wieder ins geliebte Licht,
Geschwisterlich, ein erstes Lächeln wagend:
Wir sind noch da, der Feind verschlang uns nicht.

Mich mahnt der Anblick an so viele Stunden,
Da ich betäubt, in dunklem Lebenstriebe,
Aus Nacht und Elend mich zurückgefunden
Zum holden Lichte, das ich dankbar liebe.

/ SOMMERABEND VOR EINEM TESSINER
  WALDKELLER /

An den Platanenstämmen spielt noch Licht.
Durchs hohe Astgewölbe blickt noch Blau
Und spiegelt sich im Wein. Im Walde spricht
Mit Kindern eine unsichtbare Frau.
Aus einem Dorf im Tale lärmt Musik
Sonntäglich her und klingt nach Schweiß;
Dort draußen unterm schrägen Sonnenblick
Dampft sommerliche Welt noch schwer und heiß.

Hier aber atmet Waldlaub und Gestein,
Weht Unschuld klösterlich und Feierabend,
Den Bissen Brot, die kühle Schale Wein
Mit holder Zaubertraumkraft fromm begabend.

Farnkraut am Wege duftet scharf und strenge,
Schon wird im Holz der Siebenschläfer wach,
Die erste Fledermaus jagt durchs Gestänge
Gekreuzter Äste ihrem Raube nach.
Und nun stirbt Laut um Laut und Licht um Licht
Der Tag dahin, und aus den Bäumen quillt,
Wie Harz und Honig duftend, schwer und dicht
Herab die Nacht, die mütterlich uns stillt.

Es löschen mit dem Tag die Namen aus,
Mit denen wir geordnet unsere Welt:
Platane, Ahorn, Esche, Felsen, Haus
Schmelzen in Eines, hingegeben fällt
Die bunte Vielfalt an der Mutter Brust
Zurück und in der Kindheit dumpfe Lust.
Kraut duftet bang und Pilz, ein Waldkauz schreit,
Das Laubgewirr der Bäume taumelt sacht …

Wie selig duftet doch Vergänglichkeit!
Wie sehnt sich Geist nach Blut, und Tag nach Nacht!

// KLINGSOR

Ein leidenschaftlicher und raschlebiger Sommer war ange-
brochen. Die heißen Tage, so lang sie waren, loderten weg
wie brennende Fahnen, den kurzen schwülen Mondnächten

folgten kurze schwüle Regennächte, wie Träume schnell und mit Bildern überfüllt, fieberten die glänzenden Wochen dahin.

Klingsor stand nach Mitternacht, von einem Nachtgang heimgekehrt, auf dem schmalen Steinbalkon seines Arbeitszimmers. Unter ihm sank tief und schwindelnd der alte Terrassengarten hinab, ein tief durchschattetes Gewühl dichter Baumwipfel, Palmen, Zedern, Kastanien, Judasbaum, Blutbuche, Eukalyptus, durchklettert von Schlingpflanzen, Lianen, Glyzinien. Über der Baumschwärze schimmerten blaßspiegelnd die großen blechernen Blätter der Sommermagnolien, riesige schneeweiße Blüten dazwischen halbgeschlossen, groß wie Menschenköpfe, bleich wie Mond und Elfenbein, von denen durchdringend und beschwingt ein inniger Zitronengeruch herüberkam. Aus unbestimmter Ferne her mit müden Schwingen kam Musik geflogen, vielleicht eine Gitarre, vielleicht ein Klavier, nicht zu unterscheiden. In den Geflügelhöfen schrie plötzlich ein Pfau auf, zwei- und dreimal, und durchriß die waldige Nacht mit dem kurzen, bösen und hölzernen Ton seiner gepeinigten Stimme, wie wenn das Leid aller Tierwelt ungeschlacht und schrill aus der Tiefe schellte. Sternlicht floß durch das Waldtal, hoch und verlassen blickte eine weiße Kapelle aus dem endlosen Walde, verzaubert und alt. See, Berge und Himmel flossen in der Ferne ineinander.

Klingsor stand auf dem Balkon, im Hemd, die nackten Arme auf die Eisenbrüstung gestützt, und las halb unmutig, mit heißen Augen, die Schrift der Sterne auf dem bleichen Himmel und der milden Lichter auf dem schwarzen klumpigen Gewölk der Bäume. Der Pfau erinnerte ihn. Ja, es war wieder Nacht, spät, und man hätte nun schlafen sollen, unbedingt und um jeden Preis. Vielleicht, wenn man eine Reihe von Nächten wirklich schlafen würde, sechs oder acht Stunden richtig schlafen, so würde man sich erholen können, so würden die Augen wieder gehorsam und geduldig sein, und das Herz ruhiger, und die Schläfen ohne Schmerzen. Aber dann war dieser Sommer vorüber, dieser tolle flackernde Sommertraum, und mit ihm tausend ungetrunkene Becher verschüttet, tausend ungesehene Liebesblicke gebrochen, tausend unwiederbringliche Bilder ungesehen erloschen!

Er legte die Stirn und die schmerzenden Augen auf die kühle Eisenbrüstung, das erfrischte für einen Augenblick. In einem Jahr vielleicht, oder früher, waren diese Augen blind, und das Feuer in seinem Herzen gelöscht. Nein, kein Mensch konnte dies flammende Leben lang ertragen, auch nicht er, auch nicht Klingsor, der zehn Leben hatte. Niemand konnte eine lange Zeit hindurch Tag und Nacht alle seine Lichter, alle seine Vulkane brennen haben, niemand konnte mehr als eine kurze Zeit lang Tag und Nacht in Flammen stehen, jeden Tag viele Stunden, glühender Arbeit, jede Nacht viele Stunden glühender Gedanken, immerzu genießend, immerzu schaffend, immerzu in allen Sinnen und Nerven hell und überwach wie ein Schloß, hinter dessen sämtlichen Fenstern Tag für Tag Musik erschallt, Nacht für Nacht tausend Ker-

zen funkeln. Es wird zu Ende gehen, schon ist viel Kraft vertan, viel Augenlicht verbrannt, viel Leben hingeblutet.

Plötzlich lachte er und reckte sich auf. Ihm fiel ein: oft schon hatte er so empfunden, oft schon so gedacht, so gefürchtet. In allen guten, fruchtbaren, glühenden Zeiten seines Lebens, auch in der Jugend schon, hatte er so gelebt, hatte seine Kerze an beiden Enden brennen gehabt, mit einem bald jubelnden, bald schluchzenden Gefühl von rasender Verschwendung, von Verbrennen, mit einer verzweifelten Gier, den Becher ganz zu leeren, und mit einer tiefen, verheimlichten Angst vor dem Ende. Oft schon hatte er so gelebt, oft schon den Becher geleert, oft schon lichterloh gebrannt. Zuweilen war das Ende sanft gewesen, wie ein tiefer bewußtloser Winterschlaf. Zuweilen auch war es schrecklich gewesen, unsinnige Verwüstung, unleidliche Schmerzen, Ärzte, trauriger Verzicht, Triumph der Schwäche. Und allerdings war von Mal zu Mal das Ende einer Glutzeit schlimmer geworden, trauriger, vernichtender. Aber immer war auch das überlebt worden, und nach Wochen oder Monaten, nach Qual oder Betäubung war die Auferstehung gekommen, neuer Brand, neuer Ausbruch der unterirdischen Feuer, neue glühendere Werke, neuer glänzender Lebensrausch. So war es gewesen, und die Zeiten der Qual und des Versagens, die elenden Zwischenzeiten, waren vergessen worden und untergesunken. Es war gut so. Es würde gehen, wie es oft gegangen war.

Lächelnd dachte er an Gina, die er heut abend gesehen hatte, mit der auf dem ganzen nächtlichen Heimweg seine zärtli-

chen Gedanken gespielt hatten. Wie war dies Mädchen schön
und warm in seiner noch unerfahrenen und ängstlichen
Glut! Spielend und zärtlich sagte er vor sich hin, als flüstere
er ihr wieder ins Ohr: »Gina! Gina! Cara Gina! Carina Gina!
Bella Gina!«
Er trat ins Zimmer zurück und drehte das Licht wieder an.
Aus einem kleinen wirren Bücherhaufen zog er einen roten
Band Gedichte; ein Vers war ihm eingefallen, ein Stück eines
Verses, der ihm unsäglich schön und liebevoll schien. Er
suchte lange, bis er ihn fand:

Laß mich nicht so der Nacht, dem Schmerze,
Du Allerliebste, du mein Mondgesicht!
Oh, du mein Phosphor, meine Kerze,
Du meine Sonne, du mein Licht!

Tief genießend schlürfte er den dunklen Wein dieser Worte.
Wie schön, wie innig und zauberhaft war das: Oh, du mein
Phosphor! Und: Du mein Mondgesicht!
Lächelnd ging er vor den hohen Fenstern auf und ab, sprach
die Verse, rief sie der fernen Gina zu: »Oh, du mein Mondgesicht!« und seine Stimme wurde dunkel vor Zärtlichkeit.
Dann schloß er die Mappe auf, die er nach dem langen Ar-
beitstage noch den ganzen Abend mit sich getragen hatte. Er
öffnete das Skizzenbuch, das kleine, sein liebstes, und suchte
die letzten Blätter, die von gestern und heut, auf. Da war der
Bergkegel mit den tiefen Felsenschatten; er hatte ihn ganz

nahe an ein Fratzengesicht heran modelliert, er schien zu
schreien, der Berg, vor Schmerz zu klaffen. Da war der kleine Steinbrunnen, halbrund im Berghang, der gemauerte Bo-
gen schwarz mit Schatten gefüllt, ein blühender Granat-
baum darüber blutig glühend. Alles nur für ihn zu lesen, nur
Geheimschrift für ihn selbst, eilige gierige Notiz des Augenblicks, rasch herangerissene Erinnerung an jeden Augenblick,
in dem Natur und Herz neu und laut zusammenklangen.
Und jetzt die größern Farbskizzen, weiße Blätter mit leuchtenden Farbflächen in Wasserfarben: die rote Villa im Gehölz, feurig glühend wie ein Rubin auf grünem Sammet und
die eiserne Brücke bei Castiglia, rot auf blaugrünem Berg,
der violette Damm daneben, die rosige Straße. Weiter: der
Schlot der Ziegelei, rote Rakete vor kühlhellem Baumgrün,
blauer Wegweiser, hellvioletter Himmel mit der dicken wie
gewalzten Wolke. Dies Blatt war gut, das konnte bleiben. Um
die Stalleinfahrt war es schade, das Rotbraun vor dem stäh-
lernen Himmel war richtig, das sprach und klang: aber es
war nur halb fertig, die Sonne hatte ihm aufs Blatt geschienen
und wahnsinnige Augenschmerzen gemacht. Er hatte nach-
her lange das Gesicht in einem Bach gebadet. Nun, das Braun-
rot vor dem bösen metallenen Blau war da, das war gut, das
war um keine kleine Tönung, um keine kleinste Schwingung
gefälscht oder mißglückt. Ohne caput mortuum hätte man
das nicht herausbekommen. Hier, auf diesem Gebiet, lagen
die Geheimnisse. Die Formen der Natur, ihr Oben und Unten, ihr Dick und Dünn konnte verschoben werden, man

konnte auf alle die biederen Mittel verzichten, mit denen die
Natur nachgeahmt wird. Auch die Farben konnte man fäl-
schen, gewiß, man konnte sie steigern, dämpfen, übersetzen,
auf hundert Arten. Aber wenn man mit Farbe ein Stück Natur umdichten wollte, so kam es darauf an, daß die paar Farben genau, haargenau im gleichen Verhältnis, in der gleichen
Spannung zueinander standen wie in der Natur. Hier blieb
man abhängig, hier blieb man Naturalist, einstweilen, auch
wenn man statt Grau Orange und statt Schwarz Krapplack
nahm.

Also, ein Tag war wieder vertan, und der Ertrag spärlich. Das
Blatt mit dem Fabrikschlot und der rotblaue Klang auf dem
andern Blatt und vielleicht die Skizze mit dem Brunnen.
Wenn morgen bedeckter Himmel war, ging er nach Carabbi-
na; dort war die Halle mit den Wäscherinnen. Vielleicht reg-
nete es auch wieder einmal, dann blieb er zu Haus und fing
das Bachbild in Öl an. Und jetzt zu Bett! Es war wieder ein
Uhr vorbei.

Im Schlafzimmer riß er das Hemd ab, goß sich Wasser über
die Schultern, daß es auf dem roten Steinboden klatschte,
sprang ins hohe Bett und löschte das Licht. Durchs Fenster
sah der blasse Monte Salute herein, tausendmal hatte Klingsor vom Bett aus seine Form abgelesen. Ein Eulenruf aus der
Waldschlucht tief und hohl, wie Schlaf, wie Vergessen.

Er schloß die Augen und dachte an Gina und an die Halle
mit den Wäscherinnen. Gott im Himmel, so viel tausend
Dinge warteten, so viel tausend Becher standen einge-

schenkt! Kein Ding auf der Erde, das man nicht hätte malen müssen! Keine Frau in der Welt, die man nicht hätte lieben müssen! Warum gab es Zeit? Warum immer nur dies idiotische Nacheinander und kein brausendes, sättigendes Zugleich? Warum lag er jetzt wieder allein im Bett wie ein Witwer, wie ein Greis? Das ganze kurze Leben hindurch konnte man genießen, konnte man schaffen, aber man sang immer nur Lied um Lied, nie klang die ganze volle Symphonie mit allen hundert Stimmen und Instrumenten zugleich.

Vor langer Zeit, im Alter von zwölf Jahren, war er Klingsor mit den zehn Leben gewesen. Es gab da bei den Knaben ein Räuberspiel, und jeder von den Räubern hatte zehn Leben, von denen er jedesmal eines verlor, wenn er vom Verfolger mit der Hand oder mit dem Wurfspeer berührt wurde. Mit sechs, mit drei, mit einem einzigen Leben konnte man noch davonkommen und sich befreien, erst mit dem zehnten war alles verloren. Er aber, Klingsor, hatte seinen Stolz darein gesetzt, sich mit allen, allen seinen zehn Leben durchzuschlagen, und es für eine Schande erklärt, wenn er mit neun, mit sieben davonkam. So war er als Knabe gewesen, in jener unglaublichen Zeit, wo nichts auf der Welt unmöglich, nichts auf der Welt schwierig war, wo alle Klingsor liebten, wo Klingsor allen befahl, wo alles Klingsor gehörte. Und so hatte er es weiter getrieben und immer mit zehn Leben gelebt. Und wenn auch nie die Sättigung, niemals die volle brausende Symphonie zu erreichen war – einstimmig und arm war

sein Lied noch nicht gewesen, immer doch hatte er ein paar
Saiten mehr auf seinem Spiel gehabt als andere, ein paar Ei-
sen mehr im Feuer, ein paar Taler mehr im Sack, ein paar
Rosse mehr am Wagen! Gott sei Dank!

Wie klang die dunkle Gartenstille voll und durchpulst herein, wie Atem einer schlafenden Frau! Wie schrie der Pfau!
Wie brannte das Feuer in der Brust, wie schlug das Herz und
schrie und litt und jubelte und blutete. Es war doch ein gu-
ter Sommer hier oben in Castagnetta, herrlich wohnte er in
seiner alten noblen Ruine; herrlich blickte er auf die raupi-
gen Rücken der hundert Kastanienwälder hinab; schön war
es, je und je aus dieser edlen alten Wald- und Schloßwelt
gierig hinabzusteigen und das farbige frohe Spielzeug drun-
ten anzuschauen und in seiner guten frohen Grellheit zu malen: die Fabrik, die Eisenbahn, den blauen Tramwagen, die
Plakatsäule am Kai, die stolzierenden Pfauen, Weiber, Prie-
ster, Automobile. Und wie schön und peinigend und unbegreiflich war dies Gefühl in seiner Brust, diese Liebe und
flackernde Gier nach jedem bunten Band und Fetzen des
Lebens, dieser süße wilde Zwang, zu schauen und zu gestal-
ten, und doch zugleich heimlich, unter dünnen Decken, das
innige Wissen von der Kindlichkeit und Vergeblichkeit all
seines Tuns! Fiebernd schmolz die kurze Sommernacht hinweg, Dampf stieg aus der grünen Taltiefe, in hunderttausend
Bäumen kochte der Saft, hunderttausend Träume quollen in
Klingsors leichtem Schlummer auf, seine Seele schritt durch
den Spiegelsaal seines Lebens, wo alle Bilder vervielfacht

und jedesmal mit neuem Gesicht und neuer Bedeutung sich begegneten und neue Verbindungen eingingen, als würde ein Sternhimmel im Würfelbecher durcheinandergeschüttelt.

Ein Traumbild unter den vielen entzückte und erschütterte ihn: Er lag in einem Wald und hatte ein Weib mit rotem Haar auf seinem Schoß, und eine Schwarze lag an seiner Schulter, und eine andere kniete neben ihm, hielt seine Hand und küßte seine Finger, und überall und rundum waren Frauen und Mädchen, manche noch Kinder, mit dünnen hohen Beinen, manche in voller Blüte, manche reif und mit den Zeichen des Wissens und der Ermüdung in den zukkenden Gesichtern, und alle liebten ihn, und alle wollten von ihm geliebt sein. Da brach Krieg und Flamme zwischen den Weibern aus, da griff die Rote mit rasender Hand in das Haar der Schwarzen und riß sie daran zu Boden und ward selber hinabgerissen, und alle stürzten sich aufeinander, jede schrie, jede riß, jede biß, jede tat weh, jede litt Weh, Gelächter, Wutschrei und Schmerzgeheul klangen ineinander verwickelt und verknotet, Blut floß überall, Krallen schlugen blutig in feistes Fleisch.

Mit einem Gefühl von Wehmut und Beklemmung erwachte Klingsor für Minuten, weit offen starrten seine Augen nach dem lichten Loch in der Wand. Noch standen die Gesichter der rasenden Weiber vor seinem Blick, und viele von ihnen kannte und nannte er mit Namen: Nina, Hermine, Elisabeth, Gina, Edith, Berta und sagte mit heiserer Stimme noch

aus dem Traum heraus: »Kinder, hört auf. Ihr lügt ja, ihr lügt
mich ja an; nicht euch müßt ihr zerreißen, sondern mich,
mich!«

(Aus: »Klingsors letzter Sommer«, 1919)

/ GEDENKEN AN DEN SOMMER KLINGSORS /

Zehn Jahre schon, seit Klingsors Sommer glühte
Und ich mit ihm die warmen Nächte lang
Bei Wein und Frauen so verloren blühte
Und seine trunknen Klingsor-Lieder sang!

Wie anders schau'n und nüchtern jetzt die Nächte,
Wie so viel stiller geht mein Tag einher!
Wenn auch ein Zauberwort mir wiederbrächte
Den Rausch von einst – ich wollte ihn nicht mehr.

Das eilige Rad nicht mehr zurückzurollen,
Still zu bejah'n den leisen Tod im Blut,
Nicht mehr das Unausdenkliche zu wollen
Ist meine Weisheit jetzt, mein Seelengut.

Ein andres Glück, ein neuer Zauber faßten
Seither mich manchmal: nichts als Spiegel sein,
Darin für Stunden, so wie Mond im Rhein,
Der Sterne, Götter, Engel Bilder rasten.

// Es war so ein Prachtsommer, in dem man das schöne Wetter nicht nach Tagen, sondern nach Wochen rechnete, und es war noch Juni, man hatte gerade das Heu eingebracht.

Für manche Leute gibt es nichts Schöneres als einen solchen Sommer, wo noch im feuchtesten Ried das Schilf verbrennt und einem die Hitze bis in die Knochen geht. Diese Leute saugen, sobald ihre Zeit gekommen ist, so viel Wärme und Behagen ein und werden ihres meist ohnehin nicht sehr betriebsamen Daseins so schlaraffisch froh, wie es andern Leuten nie zuteil wird. Zu dieser Menschenklasse gehöre auch ich.

(Aus: »Die Marmorsäge«, 1903)

// Nichts bringt die Wärme eines reinen Hochsommertages so zum Ausdruck wie die paar ruhigen kleinen Wölkchen, die still und weiß in halber Höhe der Bläue stehen und so mit Licht gefüllt und durchtränkt sind, daß man sie nicht lange ansehen kann. Ohne sie würde man oft gar nicht merken, wie heiß es ist, nicht am blauen Himmel noch am Glitzern des Flußspiegels, aber sobald man die paar schaumweißen, festgeballten Mittagssegler sieht, spürt man plötzlich die Sonne brennen, sucht den Schatten und fährt sich mit der Hand über die feuchte Stirne.

(Aus: »Unterm Rad«, 1905/06)

O schau, sie schweben wieder
Wie leise Melodien
Vergessener schöner Lieder
Am blauen Himmel hin!

Kein Herz kann sie verstehen,
Dem nicht auf langer Fahrt
Ein Wissen von allen Wehen
Und Freuden des Wanderns ward.

Ich liebe die Weißen, Losen
Wie Sonne, Meer und Wind,
Weil sie der Heimatlosen
Schwestern und Engel sind.

/ AUGUST /
(1899)

Das war des Sommers schönster Tag,
Nun klingt er vor dem stillen Haus
In Duft und süßem Vogelschlag
Unwiederbringlich leise aus.

In dieser Stunde goldnen Born
Gießt schwelgerisch in roter Pracht
Der Sommer aus sein volles Horn
Und feiert seine letzte Nacht.

// Es ist hoher Sommer, und seit Wochen schon steht der
große Sommermagnolienbaum vor meinen Fenstern in Blüte; er ist ein Sinnbild des südlichen Sommers in seiner scheinbar lässigen, scheinbar gleichmütig langsamen, in Wirklichkeit aber rapiden und verschwenderischen Art zu blühen.
Von den schneeweißen, riesigen Blütenkelchen stehen immer nur ein paar, höchstens acht oder zehn, zugleich offen,
und so zeigt der Baum während der zwei Monate seiner Blüte eigentlich im Großen immer den gleichen Anblick, während doch diese herrlichen Riesenblüten so sehr vergänglich
sind: keine von ihnen lebt länger als zwei Tage. Aus der bleichen, grünlich angeflogenen Knospe öffnet sich diese Blüte
meist am frühen Morgen, rein weiß und zauberhaft unwirk-
lich schwebt sie, das Licht wie schneeiger Atlas widerspie-
gelnd, aus den dunkelglänzenden, harten, immergrünen Blättern, schwebt einen Tag lang jung und glänzend, und beginnt
dann sachte sich zu verfärben, an den Rändern zu gilben, die
Form zu verlieren, und mit einem rührenden Ausdruck von
Ergebung und Müdigkeit zu altern, und auch dies Altern
dauert nur einen Tag. Dann ist die weiße Blüte schon verfärbt, sie ist hell zimtbraun geworden, und die Blütenblätter,

gestern wie Atlas, fühlen sich heute an wie feines, zartes Wildleder: ein traumhafter, wunderbarer Stoff, zart wie ein Hauch und doch von fester, ja derber Substanz. Und so trägt mein großer Magnolienbaum Tag für Tag seine reinen, schneeigen Blüten, und es scheinen immer dieselben zu sein. Ein feiner, erregender, köstlicher Duft, an den von frischen Zitronen erinnernd, aber süßer, weht von den Blüten herüber in mein Studierzimmer.

Der große Sommermagnolienbaum (nicht zu verwechseln mit der auch im Norden bekannten Frühlingsmagnolie) ist nicht immer mein Freund, so schön er auch sei. Es gibt Jahreszeiten, in denen ich ihn mit Bedenken, ja mit Feindschaft ansehe. Er wächst und wächst, und in den zehn Jahren, in denen er mein Nachbar war, hat er sich so gestreckt, daß die spärliche Morgensonne in den Herbst- und Frühlingsmonaten meinem Balkon verlorengeht. Ein Riesenkerl ist er geworden, oft kommt er mir in seinem heftigen, saftigen Wuchs so vor wie ein derber, rasch emporgeschossener, etwas schlacksiger Junge. Jetzt aber, während seiner hochsommerlichen Blütezeit, steht er feierlich voll zarter Würde, klappert im Winde mit seinen steifen, glänzenden, wie lackierten Blättern und trägt behutsam Sorge um seine zarten, allzu schönen, allzu vergänglichen Blüten.

Diesem großen Baum mit seinen bleichen Riesenblüten steht ein andrer gegenüber, ein Zwerg. Er steht auf meinem kleinen Balkönchen, in einen Topf gepflanzt. Es ist ein ge-

drungener Zwergbaum, eine Zypressenart, keinen Meter
hoch, aber schon bald vierzig Jahre alt, ein kleiner knorriger
und selbstbewußter Zwerg, ein wenig rührend und ein wenig
komisch, voll von Würde und doch kauzig und zum Lächeln
reizend. Ich habe ihn erst neuerdings geschenkt bekommen,
zum Geburtstag, und nun steht er da, reckt seine charakter-
vollen, wie von jahrzehntelangen Stürmen geknorrten Äste,
die aber nur fingerlang sind, und schaut gleichmütig zu seinem Riesenbruder hinüber, von welchem zwei Blüten genü-
gen würden, um den würdigen Zwerg zuzudecken. Ihn stört
das nicht, er scheint den großen feisten Bruder Magnolie gar
nicht zu sehen, von dem ein Blatt so groß ist wie bei ihm ein
ganzer Ast. Er steht in seiner merkwürdigen kleinen Monu-
mentalität, tief nachdenklich, ganz in sich versunken, uralt
aussehend, so wie auch die menschlichen Zwerge oft so unsäglich alt oder zeitlos aussehen können.
Bei der gewaltigen Sommerhitze, die uns seit Wochen bela-
gert, komme ich sehr wenig hinaus, ich lebe in meinen paar
Zimmerchen, hinter geschlossenen Läden, und die beiden
Bäume, der Riese und der Zwerg, sind meine Gesellschaft.
Die Riesenmagnolie erscheint mir als Sinnbild und Lockruf
alles Wachstums, alles triebhaften und naturhaften Lebens,
aller Sorglosigkeit und geilen Fruchtbarkeit. Der schweigsa-
me Zwerg dagegen, daran ist nicht zu zweifeln, gehört zum
Gegenpol: er braucht nicht so viel Raum, er vergeudet nicht,
er strebt nach Intensität und nach Dauer, er ist nicht Natur,

sondern Geist, er ist nicht Trieb, sondern Wille. Lieber kleiner Zwerg, wie wunderlich und besonnen, wie zäh und uralt stehst du da!

Gesundheit, Tüchtigkeit und gedankenloser Optimismus, lachende Ablehnung aller tiefern Probleme, feistes feiges Verzichten auf aggressive Fragestellung, Lebenskunst im Genießen des Augenblicks – das ist die Parole unsrer Zeit – auf diese Art hofft sie die lastende Erinnerung an den Weltkrieg zu betrügen. Übertrieben problemlos, imitiert amerikanisch, ein als feistes Baby maskierter Schauspieler, übertrieben dumm, unglaubhaft glücklich und strahlend (»smiling«), so steht dieser Mode-Optimismus da, jeden Tag mit neuen strahlenden Blüten geschmückt, mit den Bildern neuer Filmstars, mit den Zahlen neuer Rekorde. Daß alle diese Größen Augenblicksgrößen sind, daß alle diese Bilder und Rekordzahlen bloß einen Tag dauern, danach fragt niemand, es kommen ja stets neue. Und durch diesen etwas allzu hochgepeitschten, allzu dummen Optimismus, welcher Krieg und Elend, Tod und Schmerz für dummes Zeug erklärt, das man sich nur einbilde, und nichts von irgendwelcher Sorge oder Problematik wissen will – durch diesen überlebensgroßen, nach amerikanischem Vorbild aufgezogenen Optimismus wird der Geist zu ebensolchen Übertreibungen gezwungen und gereizt, zu verdoppelter Kritik, zu vertiefter Problematik, zu feindseliger Ablehnung dieses ganzen himbeerfarbenen Kinder-Weltbildes, wie es die Modephilosophien und die illustrierten Blätter spiegeln.

So zwischen meinen beiden Baum-Nachbarn, der wunder-
voll vitalen Magnolie und dem wunderbar entmaterialisier-
ten und vergeistigten Zwerge, sitze ich und betrachte das
Spiel der Gegensätze, denke darüber nach, schlummere in der
Hitze ein wenig, rauche ein wenig und warte, bis es Abend
wird und etwas kühle Luft vom Walde weht.

(Aus: »Gegensätze«, 1928)

/ HÖHE DES SOMMERS /

Das Blau der Ferne klärt sich schon
Vergeistigt und gelichtet
Zu jenem süßen Zauberton,
Den nur September dichtet.

Der reife Sommer über Nacht
Will sich zum Feste färben,
Da alles in Vollendung lacht
Und willig ist zu sterben.

Entreiß dich, Seele, nun der Zeit,
Entreiß dich deinen Sorgen
Und mache dich zum Flug bereit
In den ersehnten Morgen.

Altes bröckelndes Gemäuer,
Moos und Zwergfarn in den Ritzen;
Durch die schwarzen Eiben blitzen
Grell zerflockte Sonnenfeuer.

Draußen kocht August und glutet;
Hier im moosigen Verstecke
Duftet herb die Buchsbaumhecke,
Feucht von Nelkenrot durchblutet.

Schwarzes nasses Erdreich lagert
Unter Kräutern geil und mastig,
Oben wirrt sich dünn und hastig
Astwerk alt und abgemagert.

Hinter eingerosteten Riegeln
Schlafen flüsternd Lied und Sage,
Wacht das Tor, daß niemand wage
Sein Geheimnis zu entsiegeln.

I.

Sehr geehrter Herr Hesse!

Ich schreibe Ihnen diesmal aus dem Gebirge, elfhundert Meter hoch, und Sie müssen es mir recht hoch anrechnen, daß ich mich bei dieser maßlosen Hitze zum Korrespondieren entschließe. Aber ich möchte Ihnen doch wenigstens für Ihren letzten Brief Dank sagen. Einig werden wir wohl niemals werden, ja ich fürchte, Ihre Idiosynkrasie gegen uns arme Schullehrer gehe so weit, daß Sie eine solche Einigkeit zwischen uns gar nicht für wünschenswert halten.

Genug von diesen Dingen! Es ist jetzt Sommer und Ferienzeit, da sollen alle diese Fragen ruhen. In einem aber fühle ich mich mit Ihnen und mit jedermann von Herzen einig, nämlich im Erstaunen über die wahrhaft höllische Hitze dieses Sommers. Sogar hier in den Bergen lähmt dieser Sonnenbrand alle Kraft und Unternehmungslust, und noch schlimmer ist es für die armen Landleute, für die ja auch Sie immer ein Herz hatten. Ein Vetter von mir, der für die »F.er Neuesten Nachrichten« arbeitet, hat vorgestern ausgerechnet, daß allein in Schwaben und Franken die diesjährige Trockenheit einen Schaden von annähernd vier Millionen verursacht hat, beziehungsweise zu verursachen im Begriffe ist, denn noch könnte ein ausgiebiger Regen vieles retten. Doch scheint man darauf leider nicht zu rechnen, und so wollen wir uns eben in Geduld darein finden. Ich tröste mich mit Ihnen,

der Sie es an Ihrem Bodensee ja noch weit heißer haben. Frei-
lich haben Sie dafür auch die schöne Badegelegenheit!
Es ist ein wahrer Jammer, bei jedem kleinen Ausflug die Klagen
der so schwer geschädigten Bauern mitanzuhören. Unsereiner,
der sich so lang aus der Stadthitze heraus aufs Land gesehnt hat,
ist immer geneigt, die Landleute zu beneiden; aber dies Jahr tun
sie einem tatsächlich leid. Gestern zeigte mein Hauswirt mir
zwei schöne junge Pflaumenbäume, die am Absterben sind, und
mit dem Futter steht es natürlich ganz traurig. Die Natur ist
eben, trotz aller anthropozentrischen Vorstellungen, grausam
und hat andere Zwecke als menschliche.
Ich würde mich freuen, gelegentlich wieder von Ihnen zu hören,
und verbleibe mit den besten Grüßen Ihr alter, Ihnen trotz al-
lem gewogener Gegner

Julius Knayer.

II.

Sehr geehrter Herr Oberlehrer!
Danke schön für Ihren lieben Brief. Schade um die zwei jungen Pflaumenbäumchen! Doch wird Ihr Hauswirt den Schaden wohl verschmerzen können, da er bei dem Prachtwetter
gewiß das Haus voll von Sommerfrischlern hat.
Leider muß ich nun gestehen, daß Ihr freundlicher Brief
mich, wie fast alle Ihre werten Äußerungen, wieder lediglich
zur Kritik und direktem Widerspruch reizt. Daß die Natur
grausam sei, habe ich auch schon sagen hören, doch ist gera-

de das doch wohl eine typisch anthropozentrische Auffas-
sung, und daß die Natur irgendwelche Zwecke habe, glaube
ich auch nicht. Sie existiert, sie ist da und ist tätig, und wir
gehören dazu und sind immer dann ganz sicher auf dem
Holzweg, wenn wir uns über »die Natur« Gedanken machen
und sie als etwas Fremdes und Feindliches empfinden.

Lieber Herr Oberlehrer, ich weiß, wieviel Sie von Ihrem
Herrn Vetter halten, und ich zweifle nicht, daß er Verdienste
hat. Aber seine Schadenberechnungen imponieren mir keineswegs. Voriges Jahr hat er, der Nässe wegen, noch viel größere Schadenssummen ausgerechnet, also müßte doch dieses
Jahr ein kleiner Überschuß da sein? Aber Ihr Vetter rechnet
eben nach Normaljahren, die es nirgends gibt als in seinem
Kopf oder Notizbuch, und das halte ich für ganz willkürlich
und irreführend. Daß der Hitze wegen manche Bäume und
Felder nichts tragen, die sonst vielleicht auch nichts getragen
hätten, ist ja nicht gar so schrecklich. An meinem Hause ist
heute ein Automobil vorbeigefahren, aus dem ganz gut ein
reicher Amerikaner hätte aussteigen, mich als entfernten Vetter begrüßen und mir ein Geschenk von zweihundert Talern
hätte machen können. Da niemand ausstieg, habe ich also
heute einen Schaden von zweihundert Talern erlitten, den
Staub im Garten gar nicht gerechnet.

Sehen Sie, wir werden trotz Ihrer freundlichen Bemühungen
immer »Gegner« bleiben. Nicht weil Sie Lehrer sind; denn
ich kenne recht viele Lehrer, die ich hochschätze und mit
denen ich sehr gut befreundet bin. Sondern aus ganz ande-

ren Gründen. Zum Beispiel vor allem aus dem Grunde, weil Sie immer und immer etwas zu klagen und anzukreiden haben. Sie haben sich seit Monaten mit Inbrunst schönes Wetter für Ihre Sommerferien gewünscht, und nun, wo dieser Wunsch so glänzend in Erfüllung gegangen ist, wissen Sie nur zu klagen. Wenn Sie ausgehen, sehen Sie nur verbrannte Wiesen und eingehende arme Obstbäume oder Kartoffelstauden. Sehen Sie nicht auch Berge und Gletscher, Bachtäler und Felswände? Und sehen Sie die nicht klarer und leuchtender und farbiger, als irgend jemand sie seit Jahren gesehen hat? Aber davon sagen Sie nichts. Und Sie treffen immer Leute an, die zu klagen haben und unzufrieden sind! Mag der Bauer mit seinen Pflaumen und seinen Futterwiesen recht haben! Aber sehen Sie nicht auch Kranke, die der Sonne herzlich froh sind, Kinder, die sich der glänzenden Ferienzeit mit Jubel freuen, Käfer und Schmetterlinge, Eidechsen und andere Sonnenfreunde, die dies Jahr glänzender und schöner sind und ihres kurzen Lebens froher als je?

Ich muß sagen, mir macht dieser warme Sommer eine mächtige Freude, obwohl ich nicht in den Bergen sitze, sondern hier unten, und obwohl ich jeden lieben Tag ein paar Stunden lang im Garten Wasser tragen muß, was bei der Wärme nicht leichtfällt. Dafür hat man doch einmal warm und hell, wie es zum Sommer gehört! Ich gestehe, mir ist schon ein wenig bang auf den Herbst, und da ich nun einmal so schön durchgesonnt bin und mich an Licht und Wärme gewöhnt und verwöhnt habe, fällt mir der Abschied davon schon im

voraus so schwer, daß ich beschlossen habe, mich darum zu
drücken und im September durchs Rote Meer nach Ceylon
und Sumatra zu fahren.

Sie werden nun wieder finden, das sei lauter Widerspruchs-
geist bei mir. Aber es ist doch nicht so, wenn ich schon eine
gewisse Freude daran habe, Sie immer und immer wieder
auf der Seite der Opposition zu sehen und so in einer Art
von Antipodenverhältnis zu Ihnen zu stehen. Sehen Sie, Sie
stehen immer da, wo getadelt und geklagt wird. Sie sehen
nicht den strahlenden Gletscher, sondern den verdorrenden
Kartoffelacker, und Sie geben nicht den frohen Kindern, Tou-
risten und Schmetterlingen recht, sondern dem wehklagen-
den Bauer und Ihrem gescheiten, gefährlichen Vetter! Und
meine Meinung vom Leben ist nun einmal die, daß es besser
ist, da zu stehen, wo die Kinder und Schmetterlinge stehen,
daß es besser ist, das Leben und die Natur überall im Recht
zu sehen und überall zu billigen, auch wo es mir einmal über
die Finger geht. Ich habe auch Nerven, und ich seufze manche Nacht gewaltig, wenn Hitze und Schnaken mich nicht
zu Schlaf kommen lassen; aber ich suche nicht, aus meiner
Schwäche ein System zu machen und aus meinen Beschwerden Stoff zu Anklagen gegen die Natur. Ich tue das nicht aus
Moral oder aus irgendeiner Theorie, sondern weil das Gegenteil keinen Wert hat, weil wir die Natur doch nirgends
beeinflussen können. Das einzige, was der Mensch vielleicht
ein wenig beeinflussen und regieren kann, ist sein Wille, obwohl auch das ja bezweifelt werden kann. Aber jedenfalls

suche ich mein bißchen etwaiger Freiheit dazu anzuwenden, den Willen der Natur zu meinem zu machen und mir einzubilden, es geschehe mit meinem Willen, wenn es schneit oder heiß ist. Ich kämpfe nicht gegen das, was über meinen Kopf hinweg die Natur tut und läßt, sondern gegen das, was in mir selber dieser ewigen Natur widersprechen und mir dadurch das Leben erschweren will. Und das ist der Punkt, auf dem wir auch in Schul- und Erziehungsfragen nie einig werden können. Ich gestehe dem Menschen jedes erdenkliche Recht wider die Natur zu, er darf sie benützen, überlisten, auf seine Mühlen lenken, aber ich finde es schade und töricht, wenn er sein bißchen Geist und Freiheit dazu benützt, sie anzuklagen oder anzuzweifeln oder sich sonst irgendwie theoretisch zu ihr zu stellen. Ich habe vor pessimistischen Philosophien, wenn sie schön und großzügig sind, denselben Respekt wie vor andern, als vor schönen und imponierenden Leistungen des Geistes, aber ich habe für praktischen Pessimismus gar keine Achtung. Sie leiden an diesem Pessimismus, und Sie sind darum nie zufrieden, weil Ihr schöner großer Beruf eigentlich als Voraussetzung gerade das Gegenteil brauchte.

Von Sumatra aus schicke ich Ihnen wieder einmal einen Gruß. Ich weiß nicht, wie es mir dort gehen wird; aber ich habe den Willen, auch dort möglichst zu allem ja zu sagen und möglichst überall zu bleiben Ihr ergebener, doch konsequenter Gegner.

(1911)

Der Donner spielt und knurrt wie eine Katze,
Auf seinen kleinern Trommeln phantasierend
Den halben Tag, bald schläfrig sich verlierend,
Bald ernster grollend mit gereckter Tatze.

Aufseufzend manchmal läßt er Töne hören,
Die – noch von fern und nur erst probeweise –
Die große Untergangsmusik beschwören,
Dann tremoliert und schnarcht er wieder leise.

Nun übt er sich in satten Paukenschlägen,
Horcht jedem lange und genießend nach,
Hört launisch wieder auf, scheint nicht mehr wach …
Und Mensch und Tier und Erde lechzt nach Regen.

/ HUNDSTAGE /

Wie nun am dürren Ginsterhang,
Im braunen Stein, im goldnen Staub,
Im gilbenden Akazienlaub
Der Sommer seinen Überschwang
Austobt und in sich selbst verbrennt!
Aus dürrer Schote knistern schwarze Kerne,
Und abends hängen schwer die Sterne

Wie überreif am Firmament,
Das wie ein Puls im Fieber pocht
Und von verhaltnen Wettern kocht.
Wo eben noch in frohen Schauern
Das Leben feucht und spielend rann,
Keucht Sommer wütend hügelan
Der Höhe zu. Er will nicht dauern,
Er lechzt nach Rausch und Opferglück,
Ihn rief der Tod: auf hagrem Pferde
Jagt er voran und läßt die Erde
Erschöpft, verblüht, verbrannt zurück.

Und seufzend reckt sich Laub und Gras
Und raschelt hart und klirrt wie Glas.

// Dieser Sommer ist von indischer Glut. Auch der See ist
längst nicht mehr kühl, aber am Spätnachmittag weht jeden
Tag ein Wind gegen unsern Strand, dann ist es Erfrischung,
in den Wellen zu baden und dann nackt im Winde zu stehen.
Um diese Zeit steige ich häufig den Berg hinab zum Strande.
Manchmal nehme ich Zeichenblock und Wasserfarben mit
und Proviant und eine Zigarre, um den ganzen Abend da zu
bleiben.
Der Pfad führt schmal und jäh hinab, der Sonne entgegen,
die von Mittag an auf diese Seite des Berges brennt. Im dünnen Leinenzeug renne ich hinab, Eidechsen stieben überall

ins verbrannte Gras, schon stehen hier und da einzelne Aka-
zienzweige goldgelb, alles brennt, alles neigt fiebernd schon
dem Tod und Herbst entgegen, schweigt, wartet, dürstet,
senkt das Haupt. Durch die kochende Luft renne ich hinab-
wärts, halte mich am zähen Ginster fest, sehe die Lüfte überm
nahen Maisfeld silbrig zittern, fühle den Sand und Stein
durch die Sohlen brennen, fühle den Schweiß über Wangen
und Hals hinabrinnen. O wie werde ich an diese Stunde denken, wenn es Herbst, wenn es Winter sein wird, wenn die
letzten lila Blumen fahl im Novembergras stehen, wenn der
erste Schnee am kahlen Hügel blaßt!

Glühend breche ich durch Laub und Brombeergerank aus
dem Gehölz gegen die Seestraße, biege um die Mauer, atme
heranwehenden Duft von Wasser, Fisch und Schilf. Unter
hohen Platanen und niederen wehenden Silberweiden auf
kurzen, dicken, violetten Stämmen gehe ich den farbigen
Strand entlang; auf glühendem Kiesgeröll blau und tiefgrün
kommt Welle um Welle heran, leckt am rot und orangenen
Strand, rückt am Steingeschiefer, spielt mit dem Schwemm-
holz, knistert im dünnen Schilf. In hellblauem Dunst jen-
seits der kristallenen Wasserbläue steht Berg hinter Berg, jeder fernere um einen leisen Ton heller, um einen leisen
Gedanken duftiger, darüber hoch und grimmig die Sonne.
Ich hänge den Rucksack an einen Ast, ich reiße die Kleider
ab, kaum ertragen die nackten Fußsohlen den durchglühten
Kies. Das seichte Wasser, in das ich trete, ist warm wie die
Luft, erst draußen beim Schwimmen empfinde ich eine Ah-

nung von Kühle, tief tauche ich in den dunklen blauen Ab-
grund hinab. Ich lege mich auf den Rücken, treibe lang, jede
Welle schlappt mir launaß über Augen und Mund, aber der
Wind kühlt, langsam, mit leisem Saugen zieht er die Hitze
aus meiner aufatmenden Haut. Gestillt kehre ich zurück, rol-
le mich eine Weile im seichten Strandwasser, springe hoch
und werfe mich in den brennenden Sand an die Sonne, liege
lange tot, um nochmals heiß zu werden und das Spiel noch
einmal zu spielen. Zweimal, dreimal spiele ich es, lasse mich
braten, lasse mich kühlen. Alle Leidenschaft, alle Mühsal
und aller Reiz des Lebens ist in diesem Spiel gespiegelt, alles
Rennen und Ruhen, Brennen und Erlöschen, Rasen und Er-
schlaffen.

Tiefe Müdigkeit wäscht mir den Staub von der Seele, weht
mir die Sorgen aus dem Gedächtnis. Faul und brummend
liege ich hingestreckt, nicht mehr heiß, nicht mehr kühl, nur
müde, nur sehr müde. Zuweilen höre ich einen Vogel flat-
tern, einen Fisch springen, einen stärkeren Wind im Schilf
aufrauschen, zuweilen höre ich sprechen, lachen, höre Wasser spritzen, höre nackte Füße im Sande laufen, manche gehen über mich hinweg. Buben und Jünglinge aus den nahen
Dörfern sind zum Bad gekommen. Ich blinzle nur und brum-
me. Einmal schaue ich eine Weile auf. Der schöne Jüngling
mit dem Hund ist da. Ein junger Athlet, stark, schön und
braun, wunderbarer Schwimmer, ein rotes Tuch ums schwarze Haar, kommt jeden Tag, mit einem langhaarigen kleinen
Hund, es muß eine Art Wachtelhund sein. Er schwimmt wie

ein Fischotter, den Kopf fast immer unter Wasser, und überall schwimmt sein Hund ihm nach. Ich blicke ihm nach, sehe ihn wegschwimmen, sehe ihn untertauchen, laut bellend sucht ihn sein Hund, weit weg taucht er wieder empor, hänselt das Tier, spritzt und balgt sich mit ihm.

Die Sonne ist tiefer gesunken, viel Zeit ist vergangen, vielleicht habe ich geschlafen. Ich richte mich auf, wische mir Steinchen und Muschelscherben von den Schenkeln, bald werde ich Hunger spüren und gehen. Mit Mißvergnügen denke ich an den steilen Heimweg den Berg hinan. Und dann ist man wieder »zu Hause«, wieder in der Welt und Zeit, Abendbrot wartet, Post liegt da, Zeitungen, Briefe, unnütze Briefe, Bücher, unnütze Bücher, und all der Tand und Kram. Muß es denn sein?

(Aus: »Strand«, 1921)

/ / Trotz der drückenden Wärme dieser Tage bin ich viel draußen. Ich weiß allzu gut, wie flüchtig diese Schönheit ist, wie schnell sie Abschied nimmt, wie plötzlich ihre süße Reife sich zu Tod und Welke wandeln kann. Und ich bin so geizig, so habgierig dieser Spätsommerschönheit gegenüber! Ich möchte nicht nur alles sehen, alles fühlen, alles riechen und schmecken, was diese Sommerfülle meinen Sinnen zu schmecken anbietet; ich möchte es, rastlos und von plötzlicher Besitzlust ergriffen, auch aufbewahren und mit in den Winter, in die kommenden Tage und Jahre, in das Alter neh-

men. Ich bin sonst nicht eben eifrig im Besitzen, ich trenne
mich leicht und gebe leicht weg, aber jetzt plagt mich ein
Eifer des Festhaltenwollens, über den ich zuweilen selber lächeln muß. Im Garten, auf der Terrasse, auf dem Türmchen
unter der Wetterfahne setze ich mich Tag für Tag stundenlang fest, plötzlich unheimlich fleißig geworden, und mit
Bleistift und Feder, mit Pinsel und Farben versuche ich dies
und jenes von dem blühenden und schwindenden Reichtum
beiseite zu bringen. Ich zeichne mühsam die morgendlichen
Schatten auf der Gartentreppe nach und die Windungen der
dicken Glyzinenschlangen und versuche die fernen gläsernen
Farben der Abendberge nachzuahmen, die so dünn wie ein
Hauch und doch so strahlend wie Juwelen sind. Müde komme ich dann nach Hause, sehr müde, und wenn ich am Abend
meine Blätter in die Mappe lege, macht es mich beinah traurig, zu sehen, wie wenig von allem ich mir notieren und aufbewahren konnte.

(Aus: »Zwischen Sommer und Herbst«, 1930)

/ SPÄTSOMMER /
(1940)

Noch schenkt der späte Sommer Tag um Tag
Voll süßer Wärme. Über Blumendolden
Schwebt da und dort mit müdem Flügelschlag
Ein Schmetterling und funkelt sammetgolden.

Die Abende und Morgen atmen feucht
Von dünnen Nebeln, deren Naß noch lau.
Vom Maulbeerbaum mit plötzlichem Geleucht
Weht gelb und groß ein Blatt ins sanfte Blau.

Eidechse rastet auf besonntem Stein,
Im Blätterschatten Trauben sich verstecken.
Bezaubert scheint die Welt, gebannt zu sein
In Schlaf, in Traum, und warnt dich sie zu wecken.

So wiegt sich manchmal viele Takte lang
Musik, zu goldener Ewigkeit erstarrt,
Bis sie erwachend sich dem Bann entrang
Zurück zu Werdemut und Gegenwart.

Wir Alten stehen erntend am Spalier
Und wärmen uns die sommerbraunen Hände.
Noch lacht der Tag, noch ist er nicht zu Ende,
Noch hält und schmeichelt uns das Heut und Hier.

/ SCHMETTERLINGE IM SPÄTSOMMER /

Die Zeit der vielen Falter ist gekommen,
Im späten Phloxduft taumelt sacht ihr Tanz.
Sie kommen schweigend aus dem Blau geschwommen,
Der Admiral, der Fuchs, der Schwalbenschwanz,

Der Kaisermantel und Perlmutterfalter,
Der scheue Taubenschwanz, der rote Bär,
Der Trauermantel und der Distelfalter.
Kostbar an Farben, pelz- und samtbesetzt,
Juwelenschillernd schweben sie einher,
Prächtig und traurig, schweigsam und benommen,
Aus untergegangner Märchenwelt gekommen,
Fremdlinge hier, noch honigtaubenetzt
Aus paradiesischen, arkadischen Auen,
Kurzlebige Gäste aus dem Morgenland,
Das wir im Traum, verlorene Heimat, schauen
Und dessen Geisterbotschaft wir vertrauen
Als eines edleren Daseins holdem Pfand.

Sinnbilder alles Schönen und Vergänglichen,
Des Allzuzarten und des Überschwenglichen,
Schwermütige und goldgeschmückte Gäste
An des betagten Sommerkönigs Feste!

// Der Maler kehrte eines Tages, da der Hochsommer sich
abgekühlt hatte, mit sonnverbranntem Gesicht und staubi-
gen Kleidern aus seiner Verwilderung heim. Wohlgemut zog
er durch die Salzgasse und über den Marktplatz in der Heimat ein, suchte seine ebenfalls verstaubte und verwahrloste
Wohnung auf und packte vor allem die große blecherne Botanisierbüchse aus. Der Hohlraum dieser Büchse war in zwei

Hälften geteilt. In der einen waren Nachthemd, Schwamm, Seife und Zahnbürste des Wanderers untergebracht, die andre war erfüllt von einem geheimnisvollen Überfluß und Reichtum an Glasfläschchen, Korken, Papierschachteln, Wattepäckchen und anderen wunderlichen Geräten, zwischen denen einige auf Schnüre gezogene Kränze von getrockneten Apfelschnitzen auffielen. Alle diese Dinge legte der Maler sorglos beiseite, dann zog er aus den Brusttaschen seines Mantels und Rockes mehrere Schachteln, die er mit einer zärtlichen, juwelierhaften Sorglichkeit in die Finger nahm und der Reihe nach öffnete.

Da zeigte sich dann in den Schachteln, auf feine Nadeln gespießt, die gesamte Beute des sommerlichen Wanderzuges, ein paar Dutzend neu gefangener Schmetterlinge und Käfer, und einen um den andern hob Lautenschlager an seiner Nadel bedächtig heraus, drehte ihn begutachtend vor seinen Augen und legte ihn zur weiteren Behandlung beiseite. Dabei ging in seinem scharfen Malerblick eine knabenhafte Freude und beglückte Kindlichkeit auf, die niemand dem einsamen und oft boshaften Menschen zugetraut hätte, und über sein mageres, ironisches Gesicht lief wie Morgenlicht ein leiser Glanz von Güte und Dankbarkeit. Wie es ein jeder rechte Künstler nötig hat, er sei sonst von welcher Art er möge, so hatte auch Lautenschlager durch alles Gestrüpp seines unbefriedigten und flackernden Lebens sich einen Weg bewahrt, auf dem er jederzeit für Augenblicke in das Land seiner Kinderjahre zurückkehren konnte, wo für ihn wie für

jeden Menschen Morgenglanz und Quelle aller Kräfte ver-
borgen lag und das er niemals ohne Andacht betrat. Für ihn
war es der zauberhafte Farbenschmelz frischer Schmetter-
lingsflügel und golden gleißender Käferschilder, der ihm mit
Schlüsseln der Erinnerung das Paradiestor öffnete und dessen Anblick seinen Augen für Stunden die Frische und dank-
bare Empfänglichkeit der Knabenzeiten wiedergab.

(Aus: »In einer kleinen Stadt«, 1906/07)

/ MALERFREUDE /

Äcker tragen Korn und kosten Geld,
Wiesen sind von Stacheldraht umlauert,
Notdurft sind und Habsucht aufgestellt,
Alles scheint verdorben und vermauert.

Aber hier in meinem Auge wohnt
Eine andre Ordnung aller Dinge,
Violett zerfließt und Purpur thront,
Deren unschuldvolles Lied ich singe.

Gelb zu Gelb, und Gelb zu Rot gesellt,
Kühle Bläuen rosig angeflogen!
Licht und Farbe schwingt von Welt zu Welt,
Wölbt und tönt sich aus in Liebeswogen.

Geist regiert, der alles Kranke heilt,
Grün klingt auf aus neugeborener Quelle,
Neu und sinnvoll wird die Welt verteilt,
Und im Herzen wird es froh und helle.

/ SPÄTSOMMER /
(1932)

Noch einmal, ehe der Sommer verblüht,
Wollen wir für den Garten sorgen,
Die Blumen gießen, sie sind schon müd,
Bald welken sie ab, vielleicht schon morgen.

Noch einmal, ehe wieder die Welt
Irrsinnig wird und von Kriegen gellt,
Wollen wir an den paar schönen Dingen
Uns freuen und ihnen Lieder singen.

// In den Sommermonaten ist mein Hauptberuf nicht die
Literatur, sondern die Malerei, und so saß ich denn, soweit
die Augen es erlaubten, recht fleißig an unsern schönen Waldrändern unter den Kastanien und aquarellierte die heiteren
Tessiner Hügel und Dörfer, von denen ich mir schon vor zehn
Jahren einbildete, daß kein Mensch auf der Erde sie so innig
kenne wie ich, und die ich seither noch um so vieles genauer

habe kennenlernen. Meine Bildermappe wurde dicker, und
so sachte und unmerklich wie jedes Jahr wurden die Felder
gelber, die Morgenfrühen kühler, die Abendberge violetter,
und in mein Grün mußte ich immer mehr Gelb und Rot
mischen. Plötzlich waren die Kornfelder leer, die rote Erde
forderte Caput mortuum und Krapplack, und die Maisäcker
waren golden und blaßblond, es war September geworden
und die Klarheit der Nachsommertage begann. Zu keiner
Zeit spüre ich wie in diesen Tagen den Ruf der Vergänglichkeit, zu keiner andern Zeit des Jahres trinke ich die Farben
der Erde so in mich ein, so gierig zugleich und so sorgfältig,
wie ein Zecher das letzte Glas eines edlen Jahrgangs. Auch
hatte ich mit meiner Malerei, in der ich ein wenig ehrgeizig
bin, einige kleine Erfolge gehabt, ich hatte einige Blätter ver-
kauft, und eine deutsche Monatsschrift hatte darein gewil-
ligt, daß der Aufsatz eines Schriftstellers über die Tessiner
Landschaft von mir illustriert werde, ich hatte schon die Ab-
züge der Bildchen gesehen und hatte mein Malerhonorar
bekommen und spielte gern mit dem Gedanken, daß es mir
vielleicht doch noch glücken könnte, der Literatur ganz zu
entrinnen und mich mit dem mir sympathischeren Hand-
werk des Malers durchzubringen. Es waren einige gute Tage.
Als ich mir nun aber in der Freude die Augen überanstrengte
und nicht mehr malen konnte, und der Herbst in vielen Zeichen spürbar zu werden begann, da kam Unruhe über mich.
Wenn nun doch einmal mein jetziger Lebenszustand im Abbau begriffen war, wenn ich doch zum Wechsel, zu Ände-

rung und Reise entschlossen war, dann hatte es keinen Sinn,
damit noch lange zu warten.

(Aus: »Die Nürnberger Reise«, 1925)

// Lieber Freund!

Auch dieser außerordentliche Sommer muß einmal zu Ende
gehen, schon haben die Berge jene überklare Modellierung
und jenes luftige, dünne süße Blau, das für den September
charakteristisch ist; schon wieder sind am Morgen die Wiesen so schwer naß, und im Laub der Kirschbäume fängt schon
sachte der Purpur, im Akazienlaub das Goldgelb an spürbar
zu werden. Da es in diesem Sommer sogar dort oben in Ihren Eskimoländern nördlich des Mains ganz hübsch warm
gewesen ist, können Sie sich denken, daß wir hier unten im
Süden auch nicht zu frieren brauchten. Wenn jene hübsche
Theorie richtig wäre, daß der Mensch in den heißen Monaten weniger an Gicht und Ischias zu leiden habe als im Winter, dann hätte es mir diesen Sommer recht gut gehen müssen. Schade, daß die Theorie so gar nicht stimmt!

Nun, trotz der Hitze und trotz des Krankseins habe ich den
Sommer nicht verloren. Ich habe jenes Glück genossen, das
durch körperliche Schmerzen nicht zu zerstören ist, das be-
ste und einzige Glück für unsereinen: an der Arbeit zu sitzen,
etwas zu schaffen, produktiv zu sein. Was für eine Arbeit es
ist, an der ich bin, das werden Sie heute aber nicht erfahren,
in ein paar Jahren werden wir dann darüber reden. Ich be-

wundere und beneide immer diese Dichter, von denen Jahr
für Jahr die wohlunterrichtete Presse zu melden weiß: »Herr
X., unser großer Dramatiker, arbeitet zur Zeit auf seinem
Landgut am Rhein an einer Komödie, deren Stoff usw. usw.«
Wenn mir das einmal passieren würde, daß Name und Inhalt
einer Dichtung, noch während ich an ihr arbeite, schon von
den Zeitungen gewußt und verkündet würde, ich glaube,
dann würde ich meine ganzen Papiere in den Kamin stecken
und anzünden. Ohnehin geschieht es mir so leicht, daß eine
Arbeit, die mir wochen- und monatelang lieb und wichtig
war, plötzlich ihren Zauber für mich verliert, daß ich sie lie-
genlasse und schließlich vernichte.

Also die heißen Wochen sind mir erträglich und nicht un-
fruchtbar vergangen. Ich habe auch manches Schöne gelesen,
das Schönste davon war ein friedliches Wiederlesen von Stif-
ters »Feldblumen« an einigen warmen Augustabenden. Und
auch einige neue Bücher haben sich bei mir angesammelt,
als Überbleibsel aus einer Menge von Verlegerpaketen, einige gute, behaltenswerte Bücher, für deren Nennung Sie mir
dankbar sein werden. [...]

Es gibt um diese Zeit des allmählich sich neigenden Sommers in der Luft eine gewisse Klarheit, die ich »malerisch«
nennen würde, wenn die Maler nicht unter »malerisch« das
verstehen würden, was leicht zu malen ist. Diese Klarheit
aber ist außerordentlich schwer zu malen, und reizt doch unendlich dazu, sie mit dem Pinsel zu bewältigen und zu ver-
herrlichen, denn nie haben die Farben diese tiefe magische

Leuchtkraft, nie die Schatten diese Zartheit, ohne doch dünn zu werden, nie auch sind in der Natur schönere Farben vorhanden als jetzt, wo alles schon voll Herbstahnungen ist, und doch noch nicht die etwas grelle und harte Farbenfreude des eigentlichen Herbstes begonnen hat. Aber in den Gärten stehen jetzt die leuchtendsten Blumen des Jahres, es blühen da und dort noch Granaten, und dann die Dahlien, die Zinnien, die Frühastern, die zauberhaften Korallenfuchsien! Aber der Inbegriff sommerlicher und vorherbstlicher Farbenfreude sind doch die Zinnien! Diese Blumen habe ich jetzt immer im Zimmer stehen, sie sind ja zum Glück ziemlich haltbar, und ich verfolge die Verwandlungen eines solchen Zinnienstraußes von seiner ersten Frische bis zur Welke mit einem Gefühl von Glück und von Neugierde ohnegleichen.

Strahlenderes und Gesunderes gibt es in der Blumenwelt kaum als ein Dutzend frisch geschnittener Zinnien von verschiedenen Farben. Das knallt nur so von Licht und schreit von Farbe. Die grellsten Gelb und Orange, die glühendsten Rot und die wunderlichsten Rotviolett, die oft wie Farben an Sonntagskleidern naiver Landmädchen aussehen können – und man kann diese Farben nebeneinanderstellen und miteinander vermengen, wie man will, immer sind sie schön, immer sind sie nicht bloß heftig und leuchtend, sondern nehmen auch einander an, halten Nachbarschaft, reizen und steigern einander.

Ich erzähle Ihnen ja da nichts Neues. Ich bilde mir nicht ein,

der Entdecker der Zinnien zu sein. Ich mache Ihnen nur Mitteilung von meiner Verliebtheit in diese Blumen, weil sie zu den angenehmsten und bekömmlichsten Gefühlen gehört, von denen ich seit langem heimgesucht worden bin. Und zwar entzündet sich diese, vielleicht etwas senile, aber keineswegs schwächliche Verliebtheit ganz besonders am Verwelken dieser Blumen! An den Zinnien, die ich in den Vasen langsam erblassen und hinsterben sehe, erlebe ich einen Totentanz, ein halb trauriges, halb köstliches Einverstandensein mit der Vergänglichkeit, weil eben das Vergänglichste das Schönste, weil das Sterben selbst so schön, so blühend, so liebenswert sein kann.

Betrachten Sie einmal, lieber Freund, einen zehn Tage alten Zinnienstrauß! Und betrachten Sie, während er noch eine Woche lang oder länger weiter sich verfärbt und immer noch schön bleibt, betrachten Sie ihn jeden Tag einigemale recht genau! Sie werden sehen, daß diese Blumen, die in ihrer Frische die denkbar grellsten, jauchzendsten, trunkensten Farben hatten, jetzt die müdesten, zärtlichsten, die zartest abgetönten Farben bekommen haben. Das Orange von vorgestern ist heute ein Neapelgelb, morgen ein mit dünner Bronze überhauchtes Grau. Das bäuerische frohe Blaurot wird langsam wie von einer Blässe, vom Gegenteil eines Schattens, überzogen; die müde werdenden Blattränder der Blüten biegen sich da und dort mit sanfter Falte um und zeigen ein gedämpftes Weiß, ein unaussprechlich rührendes, klagendes

Graurosa, wie man es an ganz verblaßten Seidensachen der Urgroßmutter oder an alten, erblindenden Aquarellen sieht. Und achten Sie, Freund, auch sehr auf die untere Seite der Blütenblätter! An dieser Schattenseite, die beim Einknicken der Stiele oft plötzlich überdeutlich sichtbar wird, vollzieht sich das Spiel dieses Farbenwandels, diese Himmelfahrt, dies Hinübersterben ins immer Geistigere noch duftiger, noch erstaunlicher als an den Blütenkronen selbst. Hier träumen Farben, die man sonst in der Blumenwelt nicht findet, seltsam metallische, mineralische Töne, Spielarten von Grau, Grün, Bronze, die man sonst nur an den Steinen des Hochgebirges oder in der Welt der Moose und Algen finden kann.

Sie, lieber Freund, wissen solche Dinge zu schätzen, ebenso wie Sie den besonderen Lufthauch eines edlen Weinjahrgangs oder das Flaumspiel auf der Haut einer schönen Frau zu schätzen wissen. Von Ihnen werde ich nicht, weil ich feinere Sinne und beseeltere Erlebnismöglichkeiten habe als ein Boxer, als sentimentaler Romantiker belächelt. Aber wir sind wenige geworden, lieber Freund, wir sterben aus. Versuchen Sie es einmal und geben Sie einem amerikanischen Gegenwartsmenschen, dessen Musikalität im Handhaben eines Grammophons besteht und für den ein großes Dollarkonto und ein kräftiges Auto schon zur Welt des Schönen zählen, – geben Sie einmal einem solchen Halbmenschen versuchsweise Unterricht in der Kunst, im Sterben einer Blume, in

der Verwandlung eines Rosa in ein Lichtgrau, das Lebendig-
ste und Unzerstörbarste der Welt, das Geheimnis alles Lebens und aller Schönheit, mitzuerleben! Sie werden sich
wundern.

(Aus: »Spätsommerblumen«, 1928)

/ ENDE AUGUST /

Noch einmal hat, auf den wir schon verzichtet,
Der Sommer seine Kraft zurückgewonnen;
Er strahlt, zu kürzern Tagen wie verdichtet,
Er prahlt mit glühend wolkenlosen Sonnen.

So mag ein Mensch am Ende seines Strebens,
Da er enttäuscht sich schon zurückgezogen,
Noch einmal plötzlich sich vertraun den Wogen,
Wagend im Sprung die Reste seines Lebens.

Ob er an eine Liebe sich verschwende,
Ob er zu einem späten Werk sich rüste,
In seine Taten klingt, in seine Lüste
Herbstklar und tief sein Wissen um das Ende.

Sommer ward alt und müd,
Läßt sinken die grausamen Hände,
Blickt leer übers Land.
Es ist nun zu Ende,
Er hat seine Feuer versprüht,
Seine Blumen verbrannt.

So geht es allen. Am Ende
Blicken wir müd zurück,
Hauchen fröstelnd in leere Hände,
Zweifeln, ob je ein Glück,
Je eine Tat gewesen.
Weit liegt unser Leben zurück,
Blaß wie Märchen, die wir gelesen.

Einst hat Sommer den Frühling erschlagen,
Hat sich jünger und stärker gewußt.
Nun nickt er und lacht. In diesen Tagen
Sinnt er auf eine ganz neue Lust:
Nichts mehr wollen, allem entsagen,
Hinsinken und die blassen
Hände dem kalten Tode lassen,
Nichts mehr hören noch sehen,
Einschlafen ... erlöschen ... vergehen ...

// Der unvergleichliche Sommer dieses Jahres, eines für mich an Geschenken, Festen, Herzenserlebnissen, aber auch an Plage und Arbeit überreichen Jahres begann gegen sein Ende hin etwas von seiner so freundlichen, gnädigen, heiteren Laune zu verlieren, er bekam Anfälle von Trübsinn, von Ärger und Unlust, ja schon von Überdruß und Sterbensbereitschaft. War man nachts bei hellstem Sternenhimmel zu Bett gegangen, so empfing einen zuweilen am Morgen ein dünnes, graues, müdes und krankes Licht, die Terrasse war naß und strömte feuchte Kälte aus, der Himmel ließ schlaffe, formlose Wolken bis tief in die Täler herabhängen und schien jeden Augenblick zu neuen Regengüssen bereit, und die Welt, die eben noch in Sommerfülle und Sommersicherheit geatmet hatte, roch bang und bitter nach Herbst, Verwesung und Tod, obwohl noch immer die Wälder und sogar die Grashänge, die sonst um diese Jahreszeit verbrannt und braungelb stehen, ihr festes Grün behielten. Er war krank geworden, unser eben noch so rüstiger und zuverlässiger Spätsommer, er war müde geworden, hatte Launen und »mauderte«, wie man im Schwäbischen sagt. Aber er lebte noch. Beinahe jedem dieser Anfälle von Schlaffheit, Sichgehenlassen und Verdrießlichkeit folgte ein Sichwehren und Aufblühen, ein Zurückstreben in das schöne Vorgestern, und diese Tage – oft waren es nur Stunden – des Wiederauflebens hatten eine besondere, rührende und beinah ängstliche Schönheit, ein verklärtes Septemberlächeln, in dem Sommer und Herbst, Kraft und Müdigkeit, Lebenswille und Schwäche

wunderbar gemischt waren. An manchen Tagen kämpfte sich
diese Altersschönheit des Sommers langsam und mit Atem-
pausen, Pausen der Erschöpfung, durch, zögernd eroberte
das überklare, zarte Licht sich den Horizont und die Berg-
gipfel, und am Abend lagen Welt und Himmel in beruhigter,
stiller Heiterkeit, kühlklar und weitere helle Tage verspre-
chend. Aber über Nacht ging alles wieder verloren, am
Morgen schleifte der Wind schwere Regenschweife über die
triefende Landschaft hin, vergessen war das heitre verhei-
ßungsvolle Lächeln des Abends, weggewischt die duftigen
Farben und aufs neue erloschen und in Müdigkeit ertrunken
die helle Tapferkeit und der Siegermut nach dem Kampf von
gestern.

(Aus: »Herbstliche Erlebnisse«, 1952)

/ RÜCKGEDENKEN /

Am Hang die Heidekräuter blühn,
Der Ginster starrt in braunen Besen.
Wer weiß heut noch, wie flaumiggrün
Der Wald im Mai gewesen?

Wer weiß heut noch, wie Amselsang
Und Kuckucksruf einmal geklungen?
Schon ist, was so bezaubernd klang,
Vergessen und versungen.

Im Wald das Sommerabendfest,
Der Vollmond überm Berge droben,
Wer schrieb sie auf, wer hielt sie fest?
Ist alles schon zerstoben.

Und bald wird auch von dir und mir
Kein Mensch mehr wissen und erzählen,
Es wohnen andre Leute hier,
Wir werden keinem fehlen.

Wir wollen auf den Abendstern
Und auf die ersten Nebel warten.
Wir blühen und verblühen gern
In Gottes großem Garten.

// O diese letzten Augusttage! Sie machen nicht fröhlich, aber sie machen dankbar, milde und nachdenklich. Man legt sich ins Öhmdgras und nimmt teil an der Milde und Zärtlichkeit der goldenen Stunden. Man fühlt die Neige der Jahreszeit; die ganze reife Süßigkeit des Sommers quillt weich und müde über, man fühlt sich von stillem Glanz umgeben und man weiß zugleich, daß schon bald, viel zu bald, auf den Wegen rote Blätter liegen werden. Man schwelgt im Anblick dieser Tage wie im Genusse einer heißen, erregenden Musik, von der man weiß, daß sie plötzlich abbrechen wird, und wie im Genuß eines Tanzes, der uns mit sehnlichem Drängen mitreißt, während wir bei jedem enteilenden Takte sein rasch nahendes Ende fürchten. Zärtlicher und inniger ist das bräunliche Spiel der Schatten und Lichter an den Waldrändern, süßer der Regenbogenduft über dem glatten Seespiegel, die Abende sind goldener und die Sonnenuntergänge purpurner als sonst.

(Aus: »Herbstbeginn«, 1905)

/ JUGENDFLUCHT /

Der müde Sommer senkt das Haupt
Und schaut sein falbes Bild im See.
Ich wandle müde und bestaubt
Im Schatten der Allee.

Durch Pappeln geht ein zager Wind,
Der Himmel hinter mir ist rot,
Und vor mir Abendängste sind
– Und Dämmerung – und Tod.

Ich wandle müde und bestaubt,
Und hinter mir bleibt zögernd stehn
Die Jugend, neigt das schöne Haupt
Und will nicht fürder mit mir gehn.

Jede Blüte will zur Frucht,
Jeder Morgen Abend werden,
Ewiges ist nicht auf Erden
Als der Wandel, als die Flucht.

Auch der schönste Sommer will
Einmal Herbst und Welke spüren.
Halte, Blatt, geduldig still,
Wenn der Wind dich will entführen.

Spiel dein Spiel und wehr dich nicht,
Laß es still geschehen.
Laß vom Winde, der dich bricht,
Dich nach Hause wehen.

SOMMERS ENDE

Es war ein schöner, glänzender Hochsommer hier im Süden der Alpen, und seit zwei Wochen habe ich jeden Tag jene heimliche Angst um sein Ende gespürt, die ich als Beigabe und geheime stärkste Würze alles Schönen kenne. Vor allem fürchtete ich jedes leiseste Anzeichen eines Gewitters, denn von der Mitte des August an kann jedes Gewitter leicht ausarten, kann tagelang dauern, und dann ist es zu

Ende mit dem Sommer, selbst wenn das Wetter sich wieder
erholt.

Gerade hier im Süden ist es beinah die Regel, daß dem Hochsommer durch ein solches Gewitter das Genick gebrochen wird, daß er rasch, lodernd und zuckend erlöschen und sterben muß. Dann, wenn die tagelangen wilden Zuckungen eines solchen Gewitters am Himmel vorüber sind, wenn die tausend Blitze, die unendlichen Donnerkonzerte, das wilde rasende Sichergießen der lauen Regenströme verrauscht und vergangen sind, blickt eines Morgens oder Nachmittags aus dem verkochenden Gewölk ein kühler, sanfter Himmel, von seligster Farbe, alles voll Herbst, und die Schatten in der Landschaft sind ein wenig schärfer und schwärzer, haben an Farbe verloren und an Umriß gewonnen, so wie ein Fünfzigjähriger, der gestern noch rüstig und frisch aussah, nach einer Krankheit, nach einem Leid, nach einer Enttäuschung plötzlich das Gesicht voll kleiner Fäden und in allen Falten die kleinen Zeichen der Verwitterung sitzen hat.

Furchtbar ist solch letztes Sommergewitter, und grauenvoll der Todeskampf des Sommers, sein wilder Widerwille gegen das Sterbenmüssen, seine tolle schmerzliche Wut, sein Umsichschlagen und Bäumen, das doch alles vergeblich ist und nach einigem Toben hilflos erlöschen muß.

Dieses Jahr scheint der Hochsommer nicht jenes wilde, dramatische Ende zu nehmen (obwohl es noch immer möglich ist), er scheint diesmal den sanften, langsamen Alterstod sterben zu wollen. Nichts ist für diese Tage so charakteristisch, bei keinem andern Anzeichen empfinde ich diese besondere, unendlich schöne Art von Sommer-Ende so innig wie am späten Abend bei der Heimkehr von einem Gang oder von einem ländlichen Abendmahl: Brot, Käse und Wein in einem der schattigen Waldkeller. Das Eigene an diesen Abenden ist die Verteilung der Wärme, das stille langsame Zunehmen der Kühle, des nächtlichen Taues und das stille, unendlich biegsame Fliehen und Sichwehren des Sommers. In tausend feinen Wellen macht dieser Kampf sich spürbar, wenn man zwei oder drei Stunden nach Sonnenuntergang unterwegs ist. Dann sitzt in jedem dichten Walde, in jedem Gebüsch, in jedem Hohlweg die Tageswärme noch gesammelt und verkrochen, hält sich die ganze Nacht hindurch zäh am Leben, sucht jeden Hohlraum, jeden Windschutz auf. An der Abendseite der Hügel sind zu diesen Stunden die Wälder lauter große Wärmespeicher, rundum benagt von der Nachtkühle, und jede Bodensenkung, jeder Bachlauf nicht bloß, nein, auch jede Art und Dichtigkeit der Bewaldung drückt sich dem Wandernden genau und unendlich deutlich in den Abstufungen der Wärme aus. Genau so wie ein Skiläufer beim Durchfahren eines Berggeländes die ganze Bildung des Landes, jede Hebung und Senkung, jede Längs- und Seitenrippe der Gebirgsstruktur rein sinnlich in seinen wiegenden Knien spüren kann, so daß er nach einiger Übung aus diesem Knie-Gefühl das gesamte Bild eines Berghanges

während der Abfahrt ablesen kann, so lese ich hier in der tiefen Dunkelheit der mondlosen Nacht aus den zarten Wärmewellen das Bild der Landschaft ab.

Ich trete in einen Wald, schon nach drei Schritten von einer rasch zunehmenden Wärmeflut wie von einem sanft glühenden Ofen empfangen, ich finde diese Wärme mit der Dichtigkeit des Waldes anschwellen und abnehmen; jeder leere Bachlauf, der zwar längst kein Wasser mehr, aber doch in der Erde noch einen Rest von Feuchtigkeit bewahrt hat, kündigt sich durch ausstrahlende Kühle an. Zu jeder Jahreszeit sind ja die Temperaturen verschiedener Punkte eines Geländes verschieden, aber nur in diesen Tagen des Übergangs vom Hochsommer zum Frühherbst spürt man sie so stark und deutlich. Wie im Winter das Rosenrot der kahlen Berge, wie im Frühling die strotzende Feuchtigkeit von Luft und Pflanzenwuchs, wie beim ersten Sommerbeginn das nächtliche Schwärmen der Glühwürmer, so gehört gegen das Ende des Sommers dies merkwürdige nächtliche Gehen durch die wechselnden Wärmewogen zu den sinnlichen Erlebnissen, die am stärksten auf Stimmung und Lebensgefühl wirken.

Wie doch gestern nacht, als ich vom Waldkeller nach Hause ging, dort bei der Mündung des Hohlweges gegen den Friedhof von Sant' Abbondio mir die feuchte Kühle der Wiesen und des Seetals entgegenschlug! Wie die wohlige Waldwärme zurückblieb und sich scheu unter den Akazien, Kastanien und Erlen verkroch! Wie der Wald sich gegen den Herbst, wie der Sommer sich gegen das Sterbenmüssen wehrte! So

wehrt sich der Mensch in den Jahren, wo sein Sommer sinkt,
gegen das Welken und Sterben, gegen die eindringende
Kühle des Weltraums, gegen die eindringende Kühle im ei-
genen Blut. Und mit erneuter Innigkeit gibt er sich den kleinen Spielen und Klängen des Lebens hin, den tausend holden
Schönheiten seiner Oberfläche, den zärtlichen Farbenschau-
ern, den huschenden Wolkenschatten, klammert sich lächelnd
und angstvoll an das Vergänglichste, sieht seinem Sterben zu,
schöpft Angst und schöpft Trost daraus, und lernt schau-
dernd die Kunst des Sterbenkönnens. Hier liegt die Grenze
zwischen Jugend und Alter. Mancher hat sie schon mit vierzig Jahren oder früher überschritten, mancher spürt sie erst
spät in den Fünfzigern oder Sechzigern. Aber es ist immer
dasselbe: statt der Lebenskunst beginnt jene andere Kunst
uns zu interessieren, statt der Bildung und Verfeinerung unserer Persönlichkeit beginnt deren Abbau und Auflösung uns
zu beschäftigen, und plötzlich, beinah von einem Tag auf
den andern, empfinden wir uns als alt, empfinden wir die
Gedanken, Interessen und Gefühle der Jugend als fremd.
Diese Tage des Übergangs sind es, in welchen solche kleine
zarte Schauspiele wie das Verglühen und Hinsterben eines
Sommers uns ergreifen und bewegen können, uns das Herz
mit Staunen und Schaudern erfüllen, uns zittern und lächeln
machen.

Schon auch hat der Wald das Grün von gestern nicht mehr,
und die Rebenblätter beginnen gelber zu scheinen, unter ihnen werden die Beeren schon blau und purpurn. Und die

Berge haben gegen Abend das Violett, und der Himmel die smaragdenen Töne, die zum Herbst hinüberführen. Was dann? Dann wird es wieder zu Ende sein mit den Abenden im Grotto, und zu Ende mit den Badenachmittagen am See von Agno, und zu Ende mit dem Draußensitzen und Malen unter den Kastanienbäumen. Wohl dem, der dann eine Heimkehr zu geliebter und sinnvoller Arbeit, zu geliebten Menschen, zu irgendeiner Heimat hat! Wer das nicht hat, wem diese Illusionen zerbrochen sind, der kriecht alsdann vor der beginnenden Kälte ins Bett oder flieht auf Reisen, und sieht als Wanderer hier und dort den Menschen zu, welche Heimat haben, welche Gemeinschaft haben, welche an ihre Berufe und Tätigkeiten glauben, sieht ihnen zu, wie sie arbeiten, sich anstrengen und mühen, und wie über all ihrem guten Glauben und all ihrer Anstrengung langsam und ungesehen sich die Wolke des nächsten Krieges, des nächsten Umsturzes, des nächsten Untergangs zusammenzieht; nur den Müßiggängern, nur den Ungläubigen und Enttäuschten sichtbar – den Altgewordenen, die an Stelle des verlorenen Optimismus ihre kleine, zärtliche Altersvorliebe für bittere Wahrheiten gesetzt haben.

Wir Alten sehen zu, wie unterm Fahnenschwenken der Optimisten jeden Tag die Welt vollkommener wird, wie jede Nation sich immer göttlicher, immer fehlerloser, immer berechtigter zu Gewalt und frohem Angriff fühlt, wie in der Kunst, im Sport, in der Wissenschaft die neuen Moden und neuen Sterne auftauchen, die Namen glänzen, die Superlative aus den Zeitungen schmettern, und wie das alles glüht von Leben, von Wärme, von Begeisterung, von heftigem Lebenswillen, von berauschtem Nichtsterbenwollen. Woge um Woge glüht auf wie die Wärmewogen im Tessiner Sommerwald. Ewig und gewaltig ist das Schauspiel des Lebens, ohne Inhalt zwar, aber ewige Bewegung, ewige Abwehr gegen den Tod.

Manche gute Dinge stehen uns noch bevor, ehe es wieder in den Winter hinein geht. Die bläulichen Trauben werden weich und süß werden, die jungen Burschen werden bei der Ernte singen, und die jungen Mädchen in ihren farbigen Kopftüchern werden wie schöne Feldblumen im vergilbenden Reblaub stehen. Manche gute Dinge stehen uns noch bevor, und manches, was uns heute noch bitter scheint, wird uns einst süß munden, wenn wir erst die Kunst des Sterbens besser werden gelernt haben. Einstweilen warten wir noch auf das Reifwerden der Trauben, auf das Fallen der Kastanien, und hoffen, den nächsten Vollmond noch zu genießen, und werden zwar zusehends alt, sehen aber den Tod doch noch recht weit in der Ferne stehen. Wie ein Dichter gesagt hat:

> Herrlich ist für alte Leute
> Ofen und Burgunder rot,
> Und zuletzt ein sanfter Tod –
> Aber später, noch nicht heute!

(1926)

/ QUELLENANGABE /

Die Textauszüge wurden der Ausgabe Hermann Hesse, *Sämtliche Werke in zwanzig Bänden und einem Registerband*, herausgegeben von Volker Michels, Suhrkamp Verlag Frankfurt am Main 2000-2007, entnommen.